文春文庫

予言村の転校生

堀川アサコ

文藝春秋

予言村の転校生

目次

予言村の転校生

第一話　お父さんが、村長になる？

1

湯木奈央《ゆぎなお》の父・育雄《いくお》が、こよみ村村長選挙に立候補することに、母・多喜子《たきこ》は猛反対した。

育雄は、政治家でも野心家でもない。ごく平凡な市役所市民課の一職員だ。

だから湯木家ではこのところ、日常的に、夫婦ゲンカが繰り返されている。

「ああ、やってるねえ」

クラスメイトの静花《しずか》が、感心したように云った。

春休みの始まった日の昼下がりだった。

階下のいさかいは、一人娘のところに友だちが訪ねて来ても、遠慮というものがない。

夫婦ゲンカとなれば必ず負ける育雄が、このたびに限っては果敢に云い返すものだから、多喜子が怒り疲れて黙るまで、あらそいは延々と続くのだ。

――これは決まったことなんだよ。もう、決まっているんです！

育雄の論旨は決してブレないが、意味不明でもあった。

「ねえ、奈央。おじさんは、いったい何が決まっていると云いたいの？　全然、意味が判んないよ」

静花のジャッジは、多喜子に一票というところらしい。おみやげに持って来たポテトチップの袋を開けると、難しい顔をして一口ほおばった。その胸元には、緑色のビーズで小さな木の葉をかたどったペンダントが揺れている。

「お父さんの言い分は、わたしもよく判らないのよ。あの人ねえ、物事をはっきり云えないタイプなの」

奈央の胸元にも、おそろいのペンダントがさがっていた。三学期の期末テストの前、二人でテスト勉強をすると云いながら、せっせと現実逃避してこしらえたものだ。

「それって、ある意味、政治家向きかも」

「はっきりしていることは一つ。お父さん、市役所辞めるんだってさ」

「市役所でリストラ？　だから村長に立候補するの？　無謀だわ、無謀すぎる」

自慢できるほどの父でもないが、そこまで云われるとさすがにムッとする。

「いや、いくら何でも、そうじゃなくて」

奈央はズズズと音をたてて、ココアを飲んだ。カップの底で溶けずに残った粉が、ウサギみたいな鬼みたいな形になっている。

「こよみ村の村長に立候補するにつき、公務員を辞めなくちゃいけないんだって。選挙って、そういう決まりなんだって」

「じゃあ、おじさんが云っている決まったことってのは、それ？」

「うーん。ちょっと違うみたいなんだよね」

こよみ村の村長をしていた奈央の祖父・湯木勘助《かんすけ》が急死した。庭先にこしらえた家庭菜園を耕そうとして鍬《くわ》をふるっていたところ、突然に倒れたのである。

「こよみ村って、ローカル私鉄が走っているだけの陸の孤島でしょ。竜胆《りんどう》市から救急車を呼んだんだけど、着いたときには亡くなってたのよ」

死因は心不全。

こよみ村村長として辣腕《らつわん》をふるう矍鑠《かくしゃく》の上にも矍鑠たる勘助翁《おう》の死は、だれにも予想のできないことだった。ただ一人、勘助当人をのぞいては。

「お祖父ちゃん、こんな場合に備えてきっちり遺言状を書いていたの。自分が死んだら、うちのお父さんが後を継ぎなさいって」

「村長の後継ぎって云ったって、選挙があるでしょう」

「そう。だから選挙に立候補することになって、そしたら市役所をやめなくちゃいけなくて、こっちは家庭が崩壊しつつあるわけ」

湯木家のルーツはこよみ村にある。

湯木勘助が村長を務める以前、その父も、またその父も、村長として、または有力者として、王さまのごとくこよみ村に君臨してきた。

そんな旧家につきものの強力なる親戚一同が、育雄に偉大な父・勘助の遺言を守るようにと迫った。

中でも勘助の妹にあたる三人の大叔母たちの迫力などは、『マクベス』の舞台に出てくる三人の魔女を彷彿《ほうふつ》とさせるオニババアあるいはクソババアぶりだった。

――育雄ちゃん。あんたが竜胆市の市役所に入れたのだって、こよみ村の村長をしていた勘助兄さんの力があったればこそなのよ。今度は、あんたがその恩に報いなければならないんですよ。今まで、だれのおかげで奥さんや子どもを養ってこれたと思ってるの？

「むちゃくちゃ云ってる」

義憤で鼻の穴を丸くした静花が、ペシッとポテトチップを割った。

「だって、おじさん、公務員試験を受けて市の職員になったわけでしょ。東京の大学に行ったのに、地元に帰って地道に働いているってだけで、わたしはえらいと思うよ。だいたい、恩だのコネだのって云うなら、コネ入所の証拠を見せろっての」

「もしも証拠が出てきたら、それはそれでヤバイって。それに——」

奈央の言葉は、階下から響く多喜子のひときわ大きな声にさえぎられた。

——あなた、わたしと結婚するとき、出身は竜胆市だと云ったじゃないの。竜胆市の市役所に就職が決まったから、安心してついて来てって、そう云ったわよね。それなのに、本当の出身地は鳥も通わないような辺鄙《へんぴ》な村だなんて。明らかに詐欺《さぎ》じゃないのよ、結婚詐欺！

——いや、結婚詐欺とは違うと思うよ。それに、こよみ村は鳥も通わないどころか、野鳥なんかたくさん居て……。

——鳥の話をしてるんじゃないの。もう、いいわ。こよみ村の村長にでも大統領にでもなって、単身赴任なさいよ。でも、今までどおり家にはお金を入れてもらいますから。

——単身赴任って……。まだ、村長に当選してもいないんだし……。

——暮らしのめども立たないうちに、市役所を辞めるわけ？　村長になれなかったら、あなたの叔母さんたちから生活費をいただきますからね。万に一つでも村長になれたとしても、あなたは単身赴任。今の給料でだって、生活費は毎月五十万円に決定！

——五十万って……。そんなには……。

「わたしも、将来結婚した相手が、選挙に出るからって仕事を辞めたりしたら、きっとすごく怒ると思うなあ」

そう云った静花は、奈央の顔色を見て「いや、ごめん」と謝る。

「いいの。静花やお母さんの云うのが当たってるし」

奈央はレースのカーテン越しに、春とは名ばかりの冬枯れた景色を見る。

買ったばかりのこの建売住宅のローンのことを思って、両親の代わりにため息をついた。が、その息は途中から「ほう？」と感心したような能天気なものになる。

「静花、来て。イケメンが居る」

奈央はカーテンにもぐったような格好で、ばたばたと静花を手招きした。

湯木家のささやかな前庭を囲むブロック塀の前に、若い男が立っている。サラリーマンという様子ではなくて、テレビで観る俳優やミュージシャンみたいな長めの髪が、思わず見入ってしまうほど整った顔にふわりと掛かっていた。くたびれたダウンジャケットにジーンズという風采も、わざわざそういう形にあつらえたおしゃれな衣装に見えてしまう。

「ほんとだ。超イケメン」

二人の少女が顔を並べてみおろす下で、その美男子は湯木家の敷地にすたすたと入って来た。

「なんで、うちにイケメンが来るの？」

「誰だろうね？」

美男子は狭いガレージに止めた軽乗用車のわきを通り、玄関の呼び鈴を押す。

同じタイミングで「ピン、ポン」とチャイムが鳴るのが、なにやら劇的な出来事のように思えて、奈央たちはそろってドアの近くまで移動した。

――選挙事務所の松浦《まつうら》と申します。湯木育雄さんの立候補関係書類をお持ちしました。

――あらあら。わざわざ、こよみ村から？

憎きこよみ村村長選関係者といえども、俳優級の美男子を前に、多喜子は物わかりの良い候補者夫人……みたいな声を出した。

――お父さん。ちょっと、あなた。選挙事務所の方がお見えよ。

松浦という美男子は玄関わきの応接間に通され、ドアが閉じられたのか階下の声は聞こえなくなる。

「奈央、選挙事務所って何？」

「候補者のホームになる場所じゃないの？　ほら、選挙があった日のニュースに出てくるじゃない。達磨《だるま》が飾ってあって、当選すると関係者が集まってバンザイとかするところ」

「ああ、なるほど」

二人は、育雄の支持者たちが「バンザイ」する光景を想像しようとして、結局は出来なかった。

「ないなあ。うん、やっぱり、ない」

「でも、対立候補は、どんな人なのかしらね？　もしか他に候補者が居なかったら、不戦勝でおじさんの勝ちとかあるかも、じゃない？」

静花はとりつくろうように云って、テレビの電源を入れる。

春休みの午後のテレビは、もちろん、こよみ村の選挙の報道などしていなかった。

画面に流れるのは、全国ネットのワイドショーだ。抜け目なさそうだけど、親しげな雰囲気をまとった男性司会者が、人気占い師の失踪についてすごい早口でしゃべっていた。

――マヤ・マッケンジーさんは、九十八％当たる占い師といううたい文句が有名ですね。雑誌などの占いコーナーをはじめ、電話やインターネットを中心に活躍中ですが、このところはお仕事を休みがちだったという情報も入ってきております。

司会者が心配顔をつくると、髪をソフトクリームみたいに結い上げた女性コメンテーターが大きくうなずいた。

――マヤさんは、仮面の占い師ということでも、評判でしたね。国籍、年齢、私生活、経歴などすべてが謎のまま。こういう設定は、相談する側にも、野次馬根性のわたくしなどにも夢を与えてくれるんですよ。

――さて、われわれに夢を与えてくれていたマヤ・マッケンジーさんですが。マヤさんに近い筋からの情報によりますと、先週から、まったく連絡が取れない状態になっているというんですね。受け持っていた雑誌の占いコーナーには、『予言のみなもとを追いかけてゆく』と、休載のメッセージを残しているそうです。

営業用の心配顔で、司会者はフリップを取り出し、占い師失踪の詳細を説明し始める。

「九十八％当たるってことは、テストで云ったら九十八点てこと？　優秀だね」

「で、その人は外国人なわけ？」

「そうなんじゃないの？　マヤ・マッケンジーっていうくらいだから」

「じゃあ、占いの記事は翻訳してたんだ」

「それはないと思う。電話でお客の相談を受けていたっていうし」

「失踪って云っても、きっと都会から離れられないよね。外国人って、地方の町に来たら目を引くもん。従姉のダンナがイギリス人でさあ、いっしょに帰省したとき、いきなり幼稚園児に囲まれてモテモテだったって」

竜胆市だって、それくらい田舎なのだ。

こんな小さな地方都市では、大人になったら教員になるか市役所や県庁に勤めるのが、もっとも一般的な栄達の道ということになっている。もちろん、結婚相手を選ぶときだって、しかり、だ。

（それなのに、遺言に書いてまで息子の市役所勤務を辞めさせようとは。勘助祖父さんは、何を考えているんだ）

ことほど左様に、こよみ村とは良い土地なのか？

だとしたら、三人の大叔母をはじめ、どうして親戚たちはルーツたるこよみ村から出たっきりなのか。祖父を大王か大統領のごとく讃える親戚たちは、一人たりとてこよみ村に住んでいない。

（だいいち、わたし、勘助祖父ちゃんと、まともに会ったことないんだよね）

父の育雄はよく祖父に呼ばれてこよみ村を訪ねていたが、妻子をともなっての里帰りは、したことがなかった。その理由は、多喜子がこよみ村の標準である汲み取り式トイレを毛嫌いしていたためとも、汲み取り式トイレごときに、やいのやいのいう都会の嫁なんぞに会いたくないと勘助がヘソを曲げたためだとも聞いている。

――告示日は四月一日ですが。

美男子の松浦の声が、また階下から聞こえてきた。どうやら、廊下で帰り支度をしているらしい。

――エイプリルフールですね。

育雄の無駄口はサラリと無視して、玄関までの短い距離を歩きながら、松浦は要領よく話し続ける。

——立候補の届け出は、あらかじめ選挙管理委員会に行って、予備的審査をしてもらってください。書類に不備があると受理してもらえませんから、ご注意を。立候補届け出の期日は、判っていますね。

——ええと。選挙の告示日ですよね。

——そうです。では、こよみ村でお待ちしています。

——はい。……ええと、はい。

松浦が帰ってしまうと、階下には落ち着かない沈黙が満ちて行く。

静花は思わず浮かべた同情の色を隠すように、努めて明るい声を出した。

「とりあえず、来年じゃなくてよかったわよ。三年生になる春休みに、家の中が落ち着かないんじゃ、奈央だって受験勉強どころじゃないもの」

「来年の春までに、家の中が落ち着いていたらいいけどね」

「選挙が終わるまでの辛抱だって」

選挙が終わって落選したら、育雄は三十七歳で妻子を抱えた無職の人となるのだ。それで家庭内不和がおさまるとは、どうしても思えなかった。

同じことを考えたらしく、静花は人差し指でポリポリと眉毛を掻いている。

「ねえ。おじさんの云ってた決まっていることって、ひょっとしてお祖父さんの遺言のことなのかな？」

「そうだね——きっと、そうだよ」

うなずく奈央は、しかしそれもまたちょっと違うような気がしていた。

2

「湯木育雄くんの前途に、かんぱーい！」

で始まった送別会は、

「湯木育雄くんの前途に、ばんざーい！」

で締めくくられた。

乾杯のあいさつを考えるのも面倒くさいというのが、あからさまににじみ出ている。中締めが終わってもジョッキを傾け続ける一同は、こちらに聞こえるのを知ってか知らずか、今日の主役のウワサ話を始めた。

「こよみ村って、そのうち、竜胆市に合併されるんでしょ？　湯木さん、今、村長になっても意味ないじゃん」

「湯木さんは村長なんてなれないから、そういう心配要らないって」

「………」

片方の身だけ食べ散らかされて皿に横たわっている焼きアジに、育雄は奇妙なシンパシーをおぼえた。それでも、切り刻まれて酸っぱく味付けられた海鞘《ほや》に共感するよりはマシだろうと感じ、そんなことを考えるのはきっと酔っぱらっているからだと思った。

「落選した方が、本人も幸せかもよ。あの村って不気味というか、八墓村《やつはかむら》みたいなところで、他の市町村との合併を意地になって拒否しているって云うもの。ほとんど鎖国よ、鎖国」

「でもさ、今月から合併協議会ができたでしょ。こよみ村を含む三町村が、来年度をめどに竜胆市と合併するって話を聞くけどね」

「合併、賛成。住民サービスの面だって、おれらが目を光らせていた方が行き届くんだよ。こよみ村だって、そのうち村の真ん中を竜胆南バイパス道路が通れば、鎖国もしてられないわけだし」

「ちょっとちょっと。なんでそんな固い話をしているわけ？　二次会に行こうよ、二次会」

幹事が課長の背中を叩き、女性職員たちに手招きしている。

育雄も今日くらいは酔っぱらってしまいたかったが、幹事も課長も他の職員たちも、だれも育雄に誘いの声をかけてくれない。

「二次会どこ行く？」

知っている店や耳慣れない店の名が遠くで飛び交っているが、育雄ははなむけの花束のリボンが他の客のボタンに引っかかって、通路の途中に取り残されてしまう。ようやく解いて店を出たときには、酔漢たちは呑み屋街の電飾の中に消えてしまっていた。まるで、今日の宴席が湯木育雄の送別会であることを、忘れてしまったかのようだ。

職場では特別にしいたげられていたとは思っていなかったが、好かれていたわけでもないことを、育雄は改めて思い知った。

（いっそ、こよみ村の村長になってしまったら幸せなのかも知れない）

父・勘助の遺言を最初に聞かされたときは、正気の沙汰とも思えなかった。

それなのに、親戚に脅されすかされ、亡父の支持者たちに云いくるめられて、とうとう市役所を辞めることになってしまったが――。

育雄は今日のこのときまで、自分が何を云って何をしているのか、まるで実感がわからなかった。けれど、今、春の闇に埋もれながら、育雄の心はようやくにして定まった――ように思えた。

こよみ村こそは、帰るべき別天地なのかも知れない。

大都会の大学で四年間を過ごし、こよみ村のとなり、さほど大きくもない竜胆市で社会人になり、結婚して子どもを育ててきた。皆の立ち位置から一歩さがり、いや百歩も二百歩も下がって、人生の舞台そでに隠れそうになりながら、育雄は気弱な笑顔だけを武器に生きてきたのだ。

（けど、こよみ村に帰ったら――こよみ村の村長になったら、親父みたいに堂々と出来るんじゃないだろうか。だって、ぼくが村長になるのは、もう決まっていることなんだから）

決まっている……そうつぶやきながら手を胸に当て、育雄は「ん？」とわれに返る。

それから慌てて背広のポケット、ズボンの尻ポケット、書類カバンをまさぐってから「あちゃ」とつぶやいた。家のカギを、役所の机の中に忘れて来てしまったのである。

「あの……湯木くん。もし良ければ、これから一緒にもう一軒行かないか？」

うしろに来た人が、遠慮がちな声でそう云った。

「え？」

振り返ると、戸籍係長がひっそりと立っている。

育雄とタイマンを張れるほど存在感がうすいから、やはり二次会の波に乗れなかったらしい。誘ってもらえた嬉しさと、この人と一緒か……といういじましい不満が同時にこみ上げてきたが、それよりも問題なのは忘れ物だった。市役所は明日から育雄の職場ではなくなり、机だってどこかに片付けられてしまうかも知れない。

「すみません。役所に忘れ物してしまって、すみません」

そそくさとその場を離れようとすると、悲しげな視線とまともにぶつかった。忘れ物という言い訳を少しも信じていない様子で、係長は病気の金魚のように体をちょっとななめに傾げた。

「いや、ウソじゃなくて、本当に忘れたんです」

やけに大きな花束を持てあましながら、育雄は逃げるようにして暗い歩道をずんずんと歩き出す。

「さようなら、湯木くん。がんばれよぅ」

明日からの不透明な将来を思って、いまさらのようにうちひしがれる育雄の背中に、遠ざかる夜の光が追いすがる。その背中に投げられたねぎらいもまた、さらなるプレッシャーとして、育雄の上にカサリと積もった。

＊

閉庁後の市役所では、年配の警備員と、大荷物を背負った青年が押し問答していた。

「ああ、湯木さん」

警備員は、育雄を見て「助かった」というような笑顔をよこす。

「この人、コーリョニンですわ、コーリョニン」

「行旅人ですか」

行旅人とは、役所の用語で、目的地もなく移動する人——漂泊中の人のことを云う。

竜胆市の条例では、おもにホームレスを指してそう呼んでいるが、目の前に居る青年は無銭旅行中のバックパッカーという風情だった。

「恥ずかしながら、所持金が尽きてしまい――。こんなときは市役所を頼れば、いくらかお金を都合していただけると聞いたことがあって――」

青年は面目なさそうに云う。

行旅人には申請書に記入してもらって、千円程度のお金を渡すという決め事があった。たびたび出くわすこともないので、老警備員は要領が判らずに苦慮していたらしい。

「ちょっと待ってください」

青年と警備員をその場に残して、育雄は申請書を探しに行った。退職の期日は明日になっているから、今夜はまだ市役所職員なのだなあと思うと、大海で一枚の舟板にすがるような、ささやかな安堵を覚えた。

自分の送別会の二次会にすら誘ってもらえない職場だったというのに、どうしてこうも未練がましいことを考えるのか。――いや、未練ではなく、ただ前途が不安なのだ。

「ここに、お名前と現住所を書いてください」

用紙を差し出すと、青年は『間山健二《まやまけんじ》』という名前と、東京の住所を書いた。

「じゃあ、千円を彼に渡してください」

「わたしが、出すんですか？」

警備員は、ものすごくイヤそうな顔をする。

「立て替えるだけですから」

後で役所から返してもらえると云っても、警備員は気がすすまないようだ。しぶしぶ懐中からジッパー付の小銭入れを出すと、八つに折りたたんだ二枚の千円札のうち一枚を間山に渡した。

「すみません。ありがとうございます」

八つ折の千円札を押し頂いて、間山はぺこりと頭を下げた。

その頭を持ち上げる途中で「あったかい焼酎《しようちゆう》が飲みたいなあ」などと云う。

この青年はとてつもなく人生をナメたヤツだと思ったけど、「あったかい焼酎が飲みたいなあ」という詠嘆は、育雄の胸にあったのとピッタリ同じでもあった。

*

間山と並んで屋台の前に座り、育雄はおでんのシラタキに辛子を付けて口に運ぶ。

「じゃあ、きみは自分探しの旅をしているってわけ?」

「自分探しと云うか――まあ、そうです」

間山健二は、今年二十五歳になるフリーターだった。大学生のころから続けているアルバイトでまあまあ食べてきたものの、最近になってひどく漠然とした壁にぶつかった。

仕事も人生も、急にあいまいなものに思えてきたのだという。

「不安と希望って、実はまったく同じものだと思うんですよ。将来への予測って、感じる人間の心構えによって、不安になったり希望になったりするんじゃないかな。ぼくの場合、不安しか感じなくなったんで、旅に出たってわけです」

「旅に出たって、きみ——」

成人しても定職に就くことが出来ないのは、社会の問題でもあるから、一概に当人を責めるべきではない。育雄はそう思いつつも、希望が不安に変わったから旅に出るなどという、むずかしい芸術家みたいなことを云う間山に、少なからず反感を覚えた。

一人娘の奈央には、こんな小理屈を云って甘ったれる大人には育ってほしくないと思う。

それでいて、バックパック一つに必要最小限のものを入れて旅に出るということが、うらやましくもあった。……それはもう、やみくもにうらやましい。

(ぼくがこんな旅に出るとしたら——)

当然のことながら、バックパックには奈央も多喜子も入れられない。そう考えたら、うしろめたさがわいてくる。

「シラタキうまそうですね。おじさん、ぼくにもシラタキ一つください。それから、玉子と牛筋。焼酎のおかわりもお願いします」

「きみ、よく食べるね」

「あ、すみません。湯木さんも、よく飲んでますね」

間山は白い歯を見せて、くったくなく笑った。

「酒豪ペースですよ」

「今夜は飲まなくちゃいけないんだ」

「その花束、何かのお祝いですか？」

「ああ、ぼくの送別会だったの」

「送別会？」

問われるままに、育雄は村長選挙に立候補すること、そのために市役所の仕事を辞めたこと、妻とのロゲンカが絶えなくて気が重いことなど話した。

「それは、ダメだなあ。妻子ある身で安定した仕事をなげうつなんて、馬鹿げてますよ」

間山の答えが多喜子とほぼ同じだったことで、育雄はショックを受けた。自分探しだなんて自分勝手なことを云って食い詰めてしまった若者にまで、否定されたのである。

いや、育雄自身、間山が今云った言葉がシンプルに正しいことを知っている。それなのに、正反対の方向へと人生の舵を切ってしまったのだ。

（ぼく、間違っちゃったのかなあ。大人ってのは、一度でも人生を間違ったら、そこで

おしまいなのかもなあ。人間って、何歳くらいから間違ったらいけなくなるんだろう）

まだ若い間山の横顔を眺めながら、育雄はしみじみと思った。

（いやいや、間違ってなんかいない。これは決まっていることなんだから。――だけど、何が決まっているんだろう？　決まっているなんて、本気で信じるぼくが馬鹿なんじゃなかろうか？）

心がむずむずしてきて、コップの焼酎を空にすると、むずむずはさらにひどくなる。どうやら、気持ちの問題ではなく飲み過ぎてしまったようだ。

間山は熱いシラタキを、口の中で冷まそうと苦心していた。

「ところで、湯木さんが立候補するのって、どこの村の村長選挙なんです？」

「こよみ村」

答えたと同時に、不意に、これまで飲食したものが胃袋から口へと逆流してきた。

育雄はあわてて電信柱の陰へと走り込むと、こみ上げたものを吐き出す。おでんとアルコールと胃液の混じった味が舌の上を通過し、育雄はこれよりひどいことはないというほど、情けない気持ちになった。

（そう云えば彼、今、変な顔したな）

自分の情けなさを押し込めるように、育雄は間山のことを考えた。「こよみ村」と答えたとき、間山は確かに非常に奇妙な表情をしたように思う。

（こよみ村がどうかしたんだろうか）

尋ねてみようと屋台に戻ると、間山の姿はバックパックごと消えていた。

店主に訊くと、育雄が電柱の陰で嘔吐している間に帰ったという。

「帰ったって、そんな――」

市役所でもらった千円では泊まれる宿もなかろうし、間山に帰る場所なんてあるのだろうか。そう思ってからようやく、育雄は飲み逃げされたことに気付いた。元よりおごるつもりでいたものの、あいさつもなしに逃げられたのは愉快なことではない。

「今の若い人は、ちゃっかりしてるからねえ」

店主が自分のコップにも四分の一ほど焼酎を注いで、一口で飲んだ。

「はあ」

答えると、そのまま声は白い息となる。

飲んだ酒をすっかり戻してしまった育雄は、家のカギをまだ役所の机に忘れたままであることを思い出した。

3

児童公園のブランコに並んで腰掛け、奈央と静花は互い違いのタイミングで漕いでいた。

　春先の風が二人の頰を赤くしていたが、日ごとに強くなってくる陽ざしのせいで、寒くはない。

「あのねえ、奈央。うちのお兄ちゃんが、大学の図書館で調べて来たんだけどさ」

　ブウン、とブランコを揺らして静花が切り出した。

「おじさんが云っていた、決まっていることの意味が判った気がする」

「本当に？」

「うん。ずっと昔から、こよみ村の中で起こることは、すべて予言されていたんだって」

「どういうこと？」

　思わずブランコから飛び降りて、腰掛け直す。

　静花も、ズズズ……と運動靴の底で地面をこすってブランコを止めた。

「むかしから、こよみ村では日照りも干ばつも、事件が起こることも事故が起こることも、全部が予言されていたって云うの。こよみ村では村長から村八分《むらはちぶ》の人まで、その予言のとおりに生きている――そんな伝説があるんだって」

「でも、静花。それは、伝説でしょ」

　面白い伝説だと思ったと同時に、胸の奥にヒリヒリした冷たさがよぎった。これが胸騒ぎというものだとは、中学生の奈央はまだ経験的に知らない。

「村の行政までが、その予言によって運営されてきた。それは、むかしから予言暦《よげんれき》と云い習わされている」

静花は、兄から聞かされた資料の云い回しを真似た。

「それって、ほとんどオカルトじゃないの？　星占いで政治をするレベルでしょ」

「うん。だから、こよみ村は他のどこよりも閉鎖的で、市町村合併の話にも加わらないんだって。さすがに今は改革派の人も出てきてるみたいだけど」

予言などという前近代的な話に、市町村合併やら改革派やらというニュースで耳にするような言葉が合わさると、変なリアリティが出てくる。同時に、何とも云えないインチキくささも感じた。

「だれが、そんな予言をしたんだろう」

「奈央のお祖父ちゃんとか？　村の魔女とか？」

「そんなわけないって」

だんだん冗談みたいに思えてきて、二人は顔を見合わせて笑った。

「お父さんが村長になることは、その予言で決まっているってわけ？」

村長選挙の立候補は決まっていることだと育雄は以前から繰り返して云っているが、何が決まっているのかといくら聞いても、要領を得た答えは返ってこないのだ。

奈央はまたブランコをこぎ出した。

キイ、キイ、という軋み音が定期的に降ってくる。

静花がわざわざ兄に頼んで調べてくれたことだが、それでも疑問は収まらなかった。

静花はまた、別の心配をしている。

「もしも、おじさんが村長に当選したら、奈央は転校しちゃうわけ？」

「ううん。お父さんは単身赴任を覚悟してるみたい。それに、やっぱりどう考えても、落選するよ」

奈央はコートの襟に指を入れて、静花とおそろいのペンダントの鎖に触れた。

（予言暦なんて、そんな変てこなもの。でも——）

あるとしたら、見てみたいものだ。好奇心と胸騒ぎがせめぎ合う。無邪気な中学生の中では好奇心が勝って、奈央は結局のところ、こう思った。

面白くなってきた。

＊

赤い軽乗用車の助手席で、奈央は芽吹きだした山の春のパノラマを堪能していた。

「街中よりも、まだ寒い山の方が春を感じるって不思議よね、お父さん」

「奈央は詩人だね」

ハンドルを握る育雄は、久しぶりに胸のつかえがとれた顔をしている。このクルマを選挙カーに使うことで、湯木家ではまたひと悶着あったものの、選挙へのステップが進むにつれて育雄の迷いはうすれてきた。

「奈央。今日は一緒に来てくれて、ありがとう」

「あら、いいのよ。父親が自治体の首長選挙に立候補するんだよ。これって、すごい社会勉強になると思うし、それに――」

それに、どうせ当選するはずはないもの、と、奈央はこっそり胸の中だけで云った。育雄が落選したら、近くて遠いこのこよみ村へは、トラウマ半分、きっと当分は来ることがないだろう。この先、育雄は仕事探しをせざるをえず、家の中はもっと揺らぎだすに決まっている。だったら今のうち、選挙というお祭り騒ぎを、楽しまない手はない。

「お母さんも意地を張ってないで、一緒に来たらいいのに」

「そうだよね」

夫婦共有のクルマが選挙カーにされてしまうことに腹を立てた多喜子は、ムキになったように一人で温泉旅行に出掛けてしまったのだ。

「ぼくは、お母さんに嫌われるようなことばかりしているなあ」

育雄のつぶやきをのせて、クルマはこよみ村へと入る。

村の道路は総じて、狭いうえに曲がりくねって見通しが悪い。ときおり、舗装すらされていない農道を走ったりもした。

「竜胆南バイパス道路が通れば、ずいぶん便利になるはずなんだがなあ」

「へえ、そんな話があるんだ。早く通ればいいね、そのバイパス道路」

「でも、お父さんは工事反対の立場だから」

「どうして？」

「決まっていることなんだ」

またしても謎の決めゼリフを云う父の横顔を、奈央はじっと見た。

その視線と沈黙が気になったのか、ハンドルを握る育雄は顔をこちらに向ける。

「お父さん、前向いて、前！」

曲がりくねった細道の縁石にぶつかりそうになり、クルマは危ういところで進行方向を立て直す。

「ねえ、お父さん。決まっていることっていうのは、こよみ村の予言暦に書いてあるっていう意味なの？」

云ったとたんに、クルマは急停止した。

赤信号で慌てたのかと思ったけど、信号なんかどこにもない。見渡す限りクルマも居ないから、後続車に追突されることもなかった。

「どうしたのよ」

「奈央、そんな話、だれから聞いたんだ？」

あらためてアクセルを踏み直し、育雄は低い声で云った。それはただの問いというよりも、非難のようでもあり詰問のようにも聞こえた。

奈央の記憶にある限り、父のこんなシビアな顔は初めて見た。このところの多喜子とのごうごうたるケンカの中でも、こんな緊迫した声など聞いたことがない。

「どこだったかな。図書館で見たんだっけ？　こよみ村では何でも、予言暦の予言どおりにするとかってさ」

奈央は早口で云いつくろった。静花の兄が大学の図書館で調べたんだから、これはウソではない。

「都市伝説って、伝説になる時点で、単純明快なことをわざとボカしたりするよね。テレビの取材じゃ謎のまま話を終わらせたミステリースポットのことが、実は観光地として行政のパンフレットに載ってたりとかさ。こよみ村の予言暦のことも、案外と村の冊子とかに書いてたりして？」

「いいかい、奈央――」

育雄は今度は顔をこちらには向けず――いや、奈央の視線から逃れるように目の下をピクピクさせながら、押し殺すような声を出す。

「そんなことは口に出したらダメだよ」

そんなことって、何？

こよみ村が予言暦で動いているってこと？

それを図書館で調べたってこと？

ミステリーの真相って、実は手近なところにあるかもってこと？

育雄の表情がますます固くなってゆくので、奈央は無理に言葉の渦を飲み込んだ。どうやら奈央は、こよみ村出身者にとってのタブーに触れてしまったようだ。

（いつものお父さんじゃない。——つまり、予言暦って何かヤバイわけね）

結局、育雄にならったように奈央も黙り込んでしまい、車内は気まずい沈黙でどんよりと澱んでしまった。

何か気楽な話題がないかと、懸命に車窓を探すのだが、田植え前の田んぼと、芽吹いていない木と、これと云って特徴のない人影が、ぽつり、ぽつりと見えるだけである。

（うーん、気まずい）

困り抜いていたときである。

格好の話題になりそうな眺めが、目の前に現れた。

住宅地らしいエリアに入って、おそらく村で唯一であろう信号のある交差点に、時代劇のような塀をめぐらせた邸宅があった。屋根瓦は真っ青で、天守閣《てんしゅかく》に似せた櫓《やぐら》みたいな建物が正面にある。そこにはきらびやかなシャチホコが左右対称に背を反らせ、蔵の上になぜかシーサーも居た。

開いた門の中には大きな黒塗りのセダンと、外車らしいエンブレムのついたスポーツ車が並んでいる。専用の運転手とおぼしき人が、羽バタキでセダンの車体を撫でていた。

「お父さん、見て、見て。ピュアに成金チック！」

「ああ、ここはねえ、十文字丈太郎《じゅうもんじじょうたろう》って人の家なんだよ」

「なんだか、名前までゴージャス」

その十文字丈太郎が村長選の対立候補だと聞いて、奈央は浮かれた声が一転、急に意気消沈した。

（こりゃあ、お父さんじゃ、マジで太刀打できないわ……）

天守閣のシャチホコが、蔵の上のシーサーが、大きな二台のクルマが、自ら光を発しているかのように燦然《さんぜん》と輝いている。

「お父さん。あんまり、対抗意識とか持たない方がいいと思うよ」

奈央は小さい声で云った。

「あ、十文字さんのお金持ちっぷりにビビっちゃったんだ？　奈央も可愛いところあるねえ。――だけど、おまえのお祖父ちゃんは、トラクターしか運転したことがなかったんだよ」

「じゃあいっそ、お父さんもトラクターにしちゃう？」

住宅地はすぐに終わって、また田んぼと畑ばかりの風景が現れた。

その先にあるのは、村をぐるりと囲む山林だ。

「あのねえ、奈央。立候補者というのは、チープな方が格好良いんだぞ。テレビを見ても、有名な候補者が自転車に旗を立てて走り回ってたりするだろう」

「そうだけど」

それは有名な候補者だから目立つのであって、育雄が真似をしたらチープな姿が板につき過ぎて、だれも振り返ってくれないのではないか。そんな言葉を飲み込みながら、このところずいぶん、考えを口に出さずにいることが多いと思った。

ともあれ、選挙事務所に向かうはずが、どんどん山の方角に向かっているのはどうしたことか。まさか選挙事務所というのは山小屋だったりして――。そう思ったときである。奈央たちを乗せた赤い軽乗用車は、落とし穴に落ち込んだみたいにガクンと車体が傾いた。

「ああ、大変だ。脱輪しちゃった」

「はあ？」

助手席の窓からのぞくと、クルマは狭い農道から半身を落として、田んぼの中に今しも転がり落ちそうになっている。

運転席側から外に出て、親子はしばし呆然とした。

助けを呼ぼうとして一面の田園風景を眺めまわし、一軒だけ取り残されたような古民家が目に入ったときは、二人そろって安堵の息をついた。

「まだ安心できないよ。廃屋かも知れないからね。なにしろ、過疎の村だからさ」

「おどかさないでよ、お父さん」

ここでまた「この脱輪は予言暦には書いていなかったのか」なんて訊きそうになるのを、奈央はゴクンと飲み込んだ。なんにしても、さっきの予言暦の話が出たときの、重苦しい空気が復活するのはゴメンである。

親子二人、さびしい農道をとぼとぼ歩いた。

「あれ？」

「やだ」

大きくもない古民家の前庭に『湯木育雄選挙事務所』の看板を見たときは、奈央も育雄も驚いて立ち尽くしてしまった。

4

（うーん。これでいいのか？）

その古民家は、奈央がネットで調べた選挙事務所の条件から、ずいぶんと外れていた。

選挙事務所とは、人通りが多くて駐車スペースが確保できる場所を選ぶものらしい。

（必須条件は、人目について、便利な場所。中学生にも判るんだけどなあ）

しかし、湯木育雄選挙事務所は、その正反対だった。

村の目抜きの場所から隔たった、田んぼの中の一軒家なのである。

駐車スペースは、前庭に二台入れば満杯になる。道路は駐車禁止の標識こそ見えなかったが、田んぼのあぜ道と大差ない狭さだから、路上駐車などできそうもない。現に、育雄などはうっかり田んぼに落ちかけて、立ち往生してしまっているくらいだ。

「ごめんください」

古さのせいで重たくなった引き戸をこじあけ、育雄と奈央は選挙事務所の看板を掲げた中に入って行った。育雄のぎこちない笑顔を引き延ばした選挙ポスターが貼られ、まだ目を入れられていない大きな達磨がテーブルの上に鎮座している。

「まあ、湯木先生！」

育雄たちの気配を察して、女の人がパイプイスから立ち上がった。

その人は、どこやらびっくり箱の人形に似ていた。いや、笑顔や顔立ちが人形のように、端正だったという方が当たっている。

「み？　み？　溝江《みぞえ》——アンナ——さん？」

つっかえつっかえ、だけど異口同音に奈央と育雄は、人形顔の女の人に訊いた。

それは、ちょっとした奇跡であった。

「あの、あのあの――失礼ですが、溝江アンナさんじゃないでしょうか？」

そのむかし、溝江アンナはアイドル歌手だった。

育雄が小中学生だった当時、身も世もなく憧れた相手だったのである。

それが今、二十年以上のブランクを経て、ブラウン管の中ならぬ目の前へと出現したのだ。育雄の驚愕はひとことおりではない。アンナの年齢は、干支《えと》でいうと育雄より一回り近く上だったはずだが、彼の心の目からは年齢という尺度が消失してしまったようだ。

奈央もまた、テレビの懐メロ番組で、その容姿を知っていた。溝江アンナの代表曲である『初恋ドキン！』は、歌謡曲のスタンダードとして、世代のまったく違う奈央でも、サビのあたりならすぐに歌える。

「ええ、溝江アンナです」

アンナは完璧な微笑を浮かべた。

「ああ、やっぱり！」

「どうして、溝江アンナさんが、ここに？」

「五年前に引っ越して来たんです。息子が喘息《ぜんそく》なもので、空気の好いところで子育てをしたいと思いましてね」

アンナは簡単な自己紹介をした。

結婚して芸能界を引退し、出産からほどなく離婚。生活のために芸能界に復帰したが、今は生活そのものが仕事になっているのだという。

「生活が、仕事ですか？」

「急がずていねいに暮らす、そうした生き方を提案する本を書いたり、メディアで紹介したりする仕事です」

アンナは育雄だけではなく奈央にも名刺をくれた。肩書きには『農業家』『エッセイスト』とある。

（農業家って、農家とは違うのかな？）

かつて少年だった育雄の前で、そうして、かつては生まれてさえいなかった奈央の前で、微笑むかつてのアイドルは美しく老いていた。かすかなほうれい線と頰のたるみを、直視しては失礼だと思いつつも、奈央はついじいっと見てしまう。美女もまた老いるという実にまっとうな現実が、ひどく非現実的なことのように思えた。

（お父さん、何か云いなさいよ）

（奈央こそ、気の利いたほめ言葉はないのか？）

父子が互いに会話をゆずり合っていると、アコーディオンカーテンの向こうから現れた少年が、奈央の鼻先に一冊の雑誌を突き出してくる。

「ほら」

『マイセルフ』という、昭和のころから続く主婦向けの生活雑誌だ。表紙グラビアには、目の前に居る当人と同じに、アンナのおちついた笑顔が写っていた。

「きみは――」

育雄と奈央は、同じ目の動きで、雑誌を渡してくれた少年を見た。

かつて溝江アンナが映画で不良少女を演じたことがあるが、目の前の少年はそのときのアンナの役どころとそっくりの顔をしていた。ツンと尖って、会う人には片っ端からケンカを売ってみる――そんな顔だ。

「一人息子の麒麟《きりん》です。確か、奈央ちゃんと同じ学年じゃなかったかしら？」

「麒麟？　麒麟って名前なの？　あの動物の麒麟の、キリンなんですか？」

思わず問う奈央を育雄は「こら」と云って叱り、麒麟は黙ったまま顔を真っ赤にして怒りを表した。顔立ちは母親に似て整っているのに、麒麟には人を寄せ付けないようなところがあった。

「あ、すみません……」

奈央が恐縮して申し開きの言葉を探していると、麒麟が出てきたのと同じアコーディオンカーテンの向こうから、両手に古い拡声器を抱えた青年が現れた。前に湯木家を訪れた美男子の松浦だ。

「やあ、湯木さん。選挙管理委員会には行ってきましたか？」

「はい。松浦さんのアドバイスのとおり、予備的審査の届けは前に済ませまして――」

「ああ、おつかれさまです。それから、こちらの溝江さんが、選挙カーのウグイス嬢を買って出てくれました」

松浦のその一言に、育雄は直立不動の姿勢をとった。まるで意中の女子に告白された男子中学生みたいにフリーズして、「本当に？　本当に？」と、繰り返している。

ウグイス嬢というのは、選挙カーで立候補者のことをアナウンスする女性運動員だ。少年時代の憧れの人が、五日間の選挙運動期間中、自分の名前を連呼してくれる。選挙の盟友としてともに戦ってくれる。幸福を噛みしめる育雄は、魂がぬけたみたいな顔になった。

そんな幸福な気持ちを頭ごなしにかき消したのは、立てつけの悪い戸を乱暴に開けた男たちである。

「あの、赤い小《ち》っこいクルマは、あんたらのかね」

愛車を小っこいクルマなどと云われて育雄は眉間《みけん》にしわを寄せたが、次々と事務所に入ってくる屈強そうな男たちを見て、あっという間にひるんだ。

「あんたらのクルマが道をふさいで、通れんのですわ。何とかしてもらえませんかな」

「村の外の、くさいにおいがプンプンしているが、あんたがもしや、外から来て村の選挙に出るというよそ者かね？」

か？」

「湯木育雄か？　湯木のじいさんの息子か？」

「おまえがクルマを落とした田んぼは十文字先生の土地だが、あれは、十文字陣営へのいやがらせと受け取っていいんだな？　明日が告示日だというのに、早くも選挙妨害か？」

育雄たちが口をはさむ間も与えず、男たちは次々に怖い声を出す。

奈央は思わず父の腕をつかみ、もう片方の手でどうしたわけか麒麟の袖をつかんだ。

麒麟が思いがけないやさしさで奈央の手を「ぽん」と叩き、ずいっと前に進み出たときである。

男たちの後ろから、肥満した短軀《たんく》を左右に揺らすようにして、十文字丈太郎が登場した。

どうして判ったかと云えば、男たちが「先生、十文字先生」と、卒業式のシュプレヒコールみたいに呼び交わしたからだ。

怖い男たちを下がらせ、十文字丈太郎は育雄の前に立つと「元気だったかね、育雄くん」と云った。

「この世には、親の七光りという言葉があるが、わたしはそんな甘っちょろい者の台頭を許す気はないよ」

育雄に向かってそう云ってから、同じ表情で麒麟の顔をまっすぐに見る。有名人の母親を持つ麒麟を挑発していることは、奈央にも判った。

「中学生にケンカを売るなんて、大人げないおじさんね」

あまり大袈裟なことにならないうちにと奈央が先に口を出すと、十文字は思いがけないことを云われたという顔で奈央を凝視した。

（なによ、女子中学生にガンたれるなんて、本当に大人げないおじさんだなあ）

そんな内心の独白も正確に伝わったらしく、十文字の顔はますます怖くなる。

「これ、奈央」

育雄が奈央を自分の背中に隠すようにして立ち、「も――申し訳ありませんでした」と、ひっくり返った声を出した。ぜんぜん自慢ではないのだが、育雄は市役所職員だったときには『ミスター・ゴメンナサイ』と異名をとったほどの自虐屋である。

十文字は毒気を抜かれた顔をして、外国人みたいに首をすくめるゼスチャーをした。

「育雄くんも謝っていることだし、皆、手を貸してあのクルマを田んぼから出してあげなさい」

十文字丈太郎の運動員たちは、田んぼのあぜから育雄のクルマを持ち上げて帰って行った。

「なんだよ、あのオッサンたち」

麒麟は敵の姿が見えなくなるとスイッチが入ったように十文字たちの悪口をならべ、

奈央がよけいな口出しをしたせいで云いたいことが云えなかったと怒り出した。

「あなたによけいなことを云わせないために、奈央ちゃんが話をぼかしてくれたのよ。感謝しなさい」

「それがよけいなことだってんだよ」

麒麟は云い捨ててどこかへ行ってしまい、苦笑した松浦とアンナも、スピーカーやハンドマイクを持って、育雄のクルマに向かった。

育雄の可愛らしい赤いクルマは、看板やスピーカーを取り付けられ、ポスターが貼られ、みるみるうちに選挙カーの姿になってゆく。けれど、よく見れば選挙カーというよりも、赤くて丸い達磨に似てきた。

「これじゃあ、さすがに竜胆市に乗って帰れないなあ」

「明日は告示日ですから、湯木さんはこちらに泊まったほうがいいと思います」

きっぱりとした口調で松浦が云う。

その提案にアンナが真っ先に賛成し、アンナの言葉に逆らうなど毛ほども思いつかない育雄は、父の勘助が暮らしていた家に泊まることにした。

「奈央も一緒に泊まらないか？」

「わたしは帰るわよ。着替え持って来てないもの」

携帯電話で帰りの電車の時刻表を見ながら、奈央は云った。

＊

ローカル私鉄のこよみ駅は、単線の線路がすうっと延びた無人駅だった。

駅のホームに居ると、村の住宅地から見るよりも、前後に迫る山の景色がよく見える。

明日からの選挙戦に備えてあたふたしている育雄のことが目に浮かび、それに同情はしたものの、奈央はこの広い風景をひとりじめできることを喜んだ。

新緑の山の空気には、早くも花のかおりがまじっている。

「あれ？」

線路のむこうの白樺林に、髪の長い女の姿が見えた。顔の表情までわかる距離ではないのに、思いつめた感情がなぜか伝わってくる。

その人は、全身にまとう気配が特別だった。そんなはずはないにしても、恩返ししようと人間の女に化けた鶴のようでもあり、自分の正体を知る男を凍死させようとする雪女らしくもあり——要するに現実離れしていて、おとぎ話のキャラクターみたいなのだ。

怖いのか、好奇心なのか、奈央は目が離せなくなる。

いや、奈央はそのとき、金縛りにあっていたのかも知れない。目玉すら動かせなくなっていたのだから。

頭の上でトンビが高く鳴いた。

（あ……）

奈央は旋回する鳥を見上げ、視線を動かせるようになったことに気付く。

そうしてもう一度、白樺の林を見やると、女の人は消えてしまっていた。

顔が白かった。着ているものも白かった。思い出そうとすればするほど、自分が見たものは目の錯覚だったように思えてくる。

（ちがうよ、確かに見たもの。でも何を見たっての？　山の妖怪？）

そう思ったら、今度は背後に別な気配を感じる。

振り向くと、ハンプティダンプティみたいに横幅と縦幅が似通った体型の、十文字丈太郎が居た。

（びっくりしたぁ）

奈央が丸くした目を瞬かせて会釈すると、十文字は少しきまり悪そうにせき払いをした。

「今夜は、竜胆市で、母校の同期会があるんだよ」

「十文字先生」

十文字陣営の人たちが「先生」と呼んでいたのでならってみる。

「十文字先生、ローカル私鉄が似合わないですね」

お世辞でも非難でもなく、素朴な感想だ。

実際、ピカピカに磨かれていた、あの高級車と外車があるだろうに。そう云うと、十文字はキューピー人形のように肉厚のてのひらを振って見せる。

「馬鹿なことを云うもんじゃない。この電車はわたしの人生の一部でもある」

「そうなんですか？」

「高校時代は、この鉄道で毎日竜胆市まで通ったんだよ。わたしはねえ、ずっとこよみ村の村議会議員をしていた。こよみ村はつい最近まで、あんたの祖父さんに支配される湯木勘助帝国だったことを知っているかね」

「くわしいことは知りませんけど、そんな感じだったそうですね」

　奈央はあいまいに云った。

「こよみ村には、むかしから、無知蒙昧《むちもうまい》なやからを煽動する、良からぬ因習がある。わたしは、それを取り払うつもりでいるのだ」

　十文字が云おうとしているのは予言暦のことだろうか？

　思わず口に出そうとした奈央だが、育雄に止められていたから黙っている。

「長年にわたる迷信の束縛からこの村を解き放ち、こよみ村を立て直さねばならん。竜胆市の合併協議会に参加し、竜胆南バイパス道路建設を推し進める。その結果、こよみ村が竜胆市に吸収され、村長となった已が職を失うこととなろうとも、人柱になる覚悟で突き進むのである」

十文字は選挙演説のような調子で云った。

竜胆南バイパス道路については、育雄も云っていた。

現在、こよみ村が陸の孤島同然なのは道路の事情が悪いせいだった。バイパス道路が通ればそんな問題も解決されるけれど、育雄は建設反対の立場だという。わざわざ不便さを選択するなんて、政治とは面倒だなあと思っていた奈央ではあったが――。

「その竜胆南バイパスって、立派な道路になるんでしょうね」

「もちろん。竜胆市に負けない景観が生まれるだろう」

「つまり、この景色が壊れてしまうんだ」

朝の奈央だったら、バイパス道路建設には何の疑問もなく賛成していた。けれど今日一日こよみ村の中を走り回り、この無人駅にたたずんでみたら、考えが変わっている。

「難しいことは判りませんけど、こよみ村の風景が変わるのはイヤだなと思います」

「ふん」

十文字は肉厚の頬をピクンと動かして、笑顔ともとれる表情をつくる。

「奈央くんとやら、賭けをしないか？　当選するのはわたしか、きみの父上か」

「うちの父は無理でしょ」

奈央は率直に云う。

「そう思うなら、わたしが当選する方に賭けなさい」

「それじゃあ、賭けにならないわよ」

「わたしは、育雄くんが当選する方に賭けよう」

「なるほど、それなら、理にかないますね。勝ったら、何かもらえるんですか？」

「もちろんだ、何を賭ける？」

「白くまアイスバー。フルーツ入りのアイスです」

空気が乾いているせいだろう。奈央はちょうど今食べたかったものを云った。

「十文字先生は何にします？」

育雄が当選したら何がほしいか？　そう問いながら、万が一にもそんなことは起こらないだろうと奈央は思った。だから、十文字がなかなか難しい注文をよこしても、別に困りも驚きもしなかった。

「きみのお父さんが村長になったら、きみもこの村の子どもになりなさい。こよみ村の中学校に転校してくるんだ」

「いいですよ」

起こりっこないことだから、気安くうなずいた。

「どーせ、ですよ」

「どーせ、だな」

二人は顔を見合わせて、複雑な表情で笑い合った。どーせ、奈央が白くまアイスバーにありつき、新学期も竜胆市の中学校に通い続けるのだ。

「まあ、奈央くん、ここに座りなさい。わたしがことさら親の七光りを嫌うのには、理由があるんだよ。わたしはいわゆるたたき上げ、生まれついての現場の人間だ。人生、急がば回れだよ、奈央くん。ときには故意に回り道をしてだな――」

ほどなくやって来た電車に並んで座り、奈央は十文字丈太郎から、その栄えある半生の物語を延々聞かされることとなった。

5

選挙運動は、育雄の全裸写真流出という椿事《ちんじ》から始まった。

選挙戦前日、露天風呂のある村営の温泉施設で入浴していたところを、盗み撮りされたらしい。局部を手ぬぐいで隠し、今しもお湯に片足を入れようとする――かなり格好悪い写真を、湯木勘助邸の玄関のほか、村内各所に貼り出された。

これが十文字派によるネガティブキャンペーンなのか、それともいずれかの善男善女による新参者へのきわどいジョークの洗礼だったのか。恥をかいた育雄にしてみれば、公正にただしてほしいところである。

しかし、選挙参謀である松浦は、鼻から息が抜けるような奇妙な笑い方をしただけだ。

「放っときましょう」

「なぜですか。全裸写真を盗撮されてバラまかれたんですよ。もしもぼくが若い女性だったら、恥ずかしくて一生、村の中を歩けません」

「わたしは全裸写真集を出したことがありますよ」

朝食のサンドイッチをくばりながら、アンナはこともなげに云う。

育雄はもちろん、いつも冷静な松浦までもが声を引っくり返して「えええ」と驚いた。

「アイドル時代が終わるころでした。覚悟して出したわりには、売れなかったわ」

ファンだった育雄が知らないということは、アンナの人気がかなりかげってからの話だろう。

「あの――あのあの、恥ずかしくなかったですか？　たとえば、隣を歩いている人がこちらの裸を見てるかも知れない、裸を脳裡《のうり》に刻み込んでいるかも知れないんですよ」

「そこは、気合いです。冬まつりになると、男の人は下帯一つで、雪の降り積もった村の中を練り歩きますからね。あの気合いです」

アンナは判るような判らないようなことを云って、紅茶を差し出してくる。

「ともかく、選挙戦はたった五日ですから、犯人捜しをしている時間はないですよ」

松浦は他人事のように云って、サンドイッチを美味そうに食べた。

二人ののんきさは、そのまま村民ののんきさだった。

「湯木の坊ちゃん」――こよみ村の人たちは、育雄のことを、たいていこう呼ぶ。

「湯木の坊ちゃん、まだ若いのにおなかが出てきてますね。村長になってこの村で暮らすようになったら、わたしらと一緒に朝の体操をしたらいい」

「村長はちょっとくらい、おなかが出てた方が格好がつくよ」

「だけど、湯木の坊ちゃん。若いんだから、もう少し筋肉をつけないと」

「やはり、朝の体操をしたらいい」

万事がこの調子で、公衆の目に裸をさらされた育雄の羞恥も、そんないやがらせをした犯人のことも、だれも気にする風もない。

（まあ、しょうがないか）

あきらめることは（不本意ながら）育雄の最大の特技だった。

こんな具合に始まった選挙運動は、一日目、二日目と過ぎていった。

思いがけなかったのは、溝江アンナが、案外とアナウンス下手だったことだ。選挙カーでウグイス嬢がする仕事と云えば、連呼行為といわれるものだが、

「何がなんでも、湯木育雄、何がなんでも、湯木育雄をお願いします」

これを繰り返すばかりで、他に気の利いた言葉が出てこない。

アンナ本人は懸命に仕事をこなしている気でいるので、育雄は「もう少し、何とかし

て」とも云い出せなかった。なにしろ、育雄自身が付け焼刃の候補者だ。前村長の方針を引き継ぐという以外に、マニフェストらしいものがろくすっぽないのである。そんな自分には、アンナのアナウンスに注文をつける資格などないと思っている。

「大丈夫ですよ」

アンナのアナウンス下手にも、育雄のノンポリぶりにも、選挙参謀兼運転手の松浦はおおらかに対応していた。

「湯木さんは当選します。これは、決まっていることですから」

＊

ときたま十文字陣営の選挙カーとすれ違うことがあった。

ワンボックス車にゆったりと乗り込んだ十文字丈太郎のスタッフは、赤い達磨のような育雄の選挙カーに強烈な敵意のまなざしをよこし、十文字当人は「だるまさんがころんだ」などとくちびるを動かしてニヤリとした。

「心なしか、十文字さんのスピーカーは、うちより良く響くように思います」

「むこうは、高いアンプを使っているんでしょう」

選挙カーのアナウンスについては音量の規定がなく、耳に心地よく響くか否かは機器の良しあしに大きく左右される。低予算の湯木陣営では、遠くには届かず、近くにはやかましいという厄介な代物を積んでの遊説だった。

　この遠くまで声が届かないアンプのおかげで、一度だけ助かったことがある。五日間の選挙運動のちょうど中間、三日目の午後のことだった。アンナがこしらえてきた心づくしの弁当を眺めているうち、妻の多喜子のことが思われた。この選挙戦ではもちろん、市役所勤務だったときも育雄は愛妻弁当というものを食べたことがない。

「ぼくは妻に愛されてないのかも知れません」

　シンプルな嘆きが、つい口からこぼれた。

「そんなことは――」

　運転手を務める松浦がフォローしようとしたけれど、育雄は何度もかぶりを振った。焼きおにぎりの香ばしさが口に広がると、緊張のタガがゆるんだのか、泣きそうになる。

「ぼくと多喜子は大学の同期なんですよ。アンナさんの前でこんなこと云うのはお恥ずかしいのですが、あのころの多喜子は美人でモテました。反対に、ぼくは大学四年間――というか、人生の中でずっとそうでしたが――居ても居なくても、だれも気づかないような人間でした。だから多喜子が、ぼくを伴侶に選んでくれたのには、恋愛とは別の理由があったんです」

　大学生だった多喜子は、あまた居る恋人・男友だち・男性の知り合いの中から、湯木育雄を選んで、卒業と同時に電撃結婚をした。婿をとって家業を継ぐように、と云う親に反発したのである。

「奥さまのご実家って？」

「東京で質屋を営んでいます」

多喜子は当時から、人でも物でも、真贋を見極めるのが得意で、金銭感覚が鋭かった。根っから質屋の才能があったのに、その質屋になることを多喜子はいやがった。

——湯木くんは、将来の夢とかあるの？

——卒業後は地元にUターンして、竜胆市の市役所に勤めたいな、と……。

——へえ、湯木くんの地元って、竜胆市なんだ。

——いや、ええと、そう……。

育雄はウソをついた。彼の地元は竜胆市ではなく、その隣のこよみ村である。けれど、育雄はこのとき、一世一代の予感を感じていた。

恋が成就する予感だ。

多喜子が家業から逃げたがっていることは、どこからともなく聞いていた。ならば、卒業後は東京から遠く離れた竜胆市へ行くと云えば、多喜子は自分について来てくれるのではあるまいか。育雄の妄想と多喜子の魂胆が一致したという点では、このカップルには運命的なものがあったのかも知れない。

だが、待てよ……。

と、恋の予感は、育雄に慎重にふるまうことを強《し》いた。

竜胆市役所の採用試験を受けることは決めていたが、出身地が隣のこよみ村であることを、多喜子には云わなかったのだ。東京生まれの東京育ち、東京の大学に通う多喜子にとって、竜胆市が魅力的に映る遠隔地の限界に違いない。一基の信号機もなく（当時はなかった）、水洗トイレさえない（今もない）こよみ村の人間だと多喜子が知れば、この恋は芽吹く前に枯れるだろう。

沈黙が功を奏して、育雄は憧れの多喜子と結ばれた。

「実家がこよみ村にあることは、結婚してすぐにバレましたが、竜胆市の職員として働いていましたから妻も納得してくれました。けれど――」

当選の見込みすらない村長選挙のために、安定した公務員のイスを捨ててしまう男なんて――万が一にも当選したら、陸の孤島のようなこよみ村に住むなんて――。多喜子は夫を責めると同時に、結婚という人生最大の正念場において、痛恨のメガネ違いをした自分をも責めた。

――これだもの、わたし、質屋なんか継がなくてよかったんだわ。

質草にもならない男を夫にしてしまった。多喜子はぼやいた。

「ああ、ぼくは……ぼくは、今度こそ妻に捨てられてしまうかも知れません」

「湯木さん、しっかり。今は選挙に集中しましょう。目の前の壁を越えたら、運命だってきっと変わります――」

こらえきれずに泣き出す育雄を、松浦がおろおろなぐさめる。

その声が終わらないうちに、アンナが短い悲鳴を上げた。

甲高《かんだか》く天を突くような叫びが、なぜか車上に取り付けたスピーカーを通して聞こえてくることに、育雄たちも遅ればせながら気付いた。

「マイクのスイッチ、切り忘れていたわ」

「ど――どういうことですか」

うろたえる会話も、スピーカーを通した大音声となって響き渡る。育雄の語った妻とのなれそめと破局の予感もまた、同じ音量で響き渡っていたのである。

「これで、大丈夫」

松浦がスイッチを切ったけれど、少しも大丈夫ではないことは三人ともが知っている。

「ああ、村中に恥をかいちゃった」

「大丈夫です。このアンプ、性能が良くないので、そんな遠くまでは届きません」

松浦の云うことは正しかったが、それでも育雄の哀愁のこもった告白を耳にした数少ない有権者たちは、これを話して歩いた。おかげで選挙期間中に、こよみ村住民のほぼすべてが、「湯木の坊ちゃん」が妻に捨てられそうになっているという事実を知ることとなった。

ウグイス嬢としてあまり優秀ではないアンナは、五日間の選挙運動期間中でも、自分の仕事のためにしばしば中座した。地元新聞の取材と連載原稿の手直しのために初日の三時間を、『マイセルフ』という全国誌の取材と撮影では中盤の半日を、といった具合である。

それでも、育雄は別段に文句を云うでもなく、また文句など頭にも浮かばなかった。アンナは、そのマイペースぶりまでが独特な魅力になっていた。タレントとしてのアンナが、今も人気を集めているのは、そんな魅力のせいなのだろうと、育雄は思った。

＊

金曜日の午後は、雑誌『マイセルフ』の取材と打ち合わせでアンナは留守となる。

「ごめんなさいね、本当にごめん」

村役場近くの空き地まで昼食を届けに来てくれたアンナは、育雄と松浦にむかって両手を合わせた。

「取材が終わり次第、合流します。夕方四時にはまたここに来ますから、拾ってくださいね」

「わかりました」

育雄と松浦は選挙カーから出て、昼食を受け取った。

ウグイス嬢は報酬を受け取ることができるきまりだが、アンナは無給で働いてくれている。実際のところ、アンナの仕事の邪魔をしているのは、育雄の方なのであった。

「アンナさんこそ、お仕事、がんばってください」

アンナの後ろ姿を見送ってクルマに戻ると、リアシートから風の音がした。窓を閉め忘れたのかと思ったが、左右どちらの窓もきっちりと閉じられている。

「じゃあ、いただきましょう」

朱漆を塗った重箱の中には、豆を炊き込んだおむすび、鶏肉のソテーと酢豚、まだ温かいグラタン、温野菜のサラダなどが二人でちょうど良い分量だけ詰め込まれている。

「これじゃあ、アンナさん、すごい赤字になっちゃうなあ。どうして、こんなに助けてくれるんでしょう」

「それは、前村長の考え方に共鳴しているからでしょう。アンナさんは、湯木勘助氏の後を継ぐ人物に、どうしても当選してもらいたいんですよ」

「親父の？　つまり、開発や合併に反対してるってことですか」

「そうです。そして、ぼくの気持ちも同じです」

松浦は肉のうすい頰をフッとゆがめて笑った。

味方は松浦とアンナだけ、孤立無援に見える選挙戦だが、実際には少なからぬ村民が育雄を応援していた。もっとも、それは湯木育雄という人物ではなく、前村長の勘助翁の後継者を応援しているのである。

そのことが、親の七光りを毛嫌いする十文字丈太郎を怒らせ、討論会では十文字に論破された育雄が涙を流してしまうハプニングもあった。

それでも勘助翁の息子に期待をかける人たちは、育雄の街頭演説につめかけてくれた。そんなチャンスですら、育雄は村民の熱意に圧倒されて何も云えなくなったりした。

昼食を終え、育雄は選挙カーの助手席にちょこんと座っている。

（やっぱりクルマの中で風の音がする。どこか故障でもしたのかな）

クルマの故障よりも、面目なさの方が育雄の意識を占領していた。

「完璧にぼくの負けです。十文字さんが当選したら、あなた方も大変そうですね。お気の毒です」

「大丈夫ですよ、湯木さんが当選しますから。それは予言暦で定められたことなんです。ぼくは、勘助先生から、はっきりとそう聞いています」

「しかし――」

予言暦などという不可解なものが、本当に実在するのだろうか。

子どもの頃から夜ごとの昔話のように耳にしてきた予言暦だが、その最後は必ず『むやみと、ひとに云っちゃいけないことだがね』と云って締めくくられる。『予言暦のあることを、村外の者には決してもらしてはいけない』と、こよみ村に生まれた者たちは固く云いつけられて育つのだ。

しかし、高校入学以来、こよみ村を離れていた育雄にとって、予言暦とはやはりおとぎ話の産物としか思えなかった。それでも、こよみ村では今もここ一番というときには、予言暦に定められたことが有無を云わせぬ決め手になるという。それでいて、育雄を含む大多数の者は、その予言暦がどんなものなのか、どこにあるのかさえ知らないのだ。

松浦は知っているのだろうか。

知っているからこそ、何日も仕事をなげうって、この無謀な選挙戦を一緒にたたかってくれているのだろうか。いや、そもそも松浦の職業は何なのだろう？

「ぼくの仕事ですか？　村八分ですよ」

「はあ？」

「湯木さんは、ご存知ありませんでしたか？　こよみ村の村八分は、よそで云う村八分とはちょっと違うんです」

「あ。昔、親父から聞いたことがあるような……」

こよみ村には今も、村八分という制度が残っている。

それは疎外される者のことではなくて、むしろ『頼れる人』『生きたお地蔵さん』のように、村の困りごとを助ける人間として尊敬されている。実際には他の村民のように農業や勤め仕事をするのではなく、新聞配達や村の雑用などをして日々を暮していた。

「あ……。あなたがその村八分の人でしたか」

育雄は珍しい生き物でも見るように、松浦の端整な顔を見つめた。

「村八分は、村の一大事には率先して働く。つまり、今回の選挙がその一大事というわけです」

「へえ――」

不思議な村だ。

つくづくそう思いながら、後部シートに置いた水筒を取ろうと振り返ったときである。

ホースのようなものがスルスルと動いて首をもたげた。

「うわ」

さっきから車内に吹いている風の音の正体は、ホース――ではなく蛇《へび》だったのである。

蛇は全身が濃い緑灰色で、身をくねらせてシートの上に鎮座していた。伸ばせば二メートルにもなりそうな大蛇だ。

「アオダイショウですね」

冷静な口調だが、松浦の声も震えている。育雄に向かって、手振りで車外に出るように合図をよこし、自分も運転席のドアを静かに開いた。

そろそろとクルマの外に逃れると、育雄と松浦は内心で声を合わせてドアを閉めた。

「どどどど――どういうことでしょうか?」

きょとんと首をもたげている大蛇を目で示し、育雄は泣くような声を上げた。

松浦は腕組みした両ひじで、バンパーにもたれる。

「アオダイショウには毒がないとはいえ――。十文字派のいやがらせも、ここまでくるとシャレになりませんね」

「ええ？　これ、いやがらせなんですか？」

「そうでなければ、こんな大きな蛇がクルマの中には入ってこないでしょう」

松浦は近くにある村役場の庁舎を手で示してから、育雄に頭を下げた。

「こうしたことを片付けるのは、本来でしたら村八分であるぼくの役目なんですが、さすがにどうも、蛇だけはいけません。役場の自然保護課に頼んで、山に帰してもらいましょう」

「賛成――賛成です。彼をリアシートに乗せて、山まで運んでやるなんて、ぼくらには無理です。いや、彼じゃなくて彼女かも知れませんが」

「大きさから見て雄でしょう。やっぱり彼女じゃなくて、彼ですよ」

自然と駆け足でもするような急ぎ足になり、役場の正面口をくぐると、松浦は自然保護課のプレートの下がった部署に直行する。育雄は、選挙のタスキを肩から下げたまま、ぽつりと取り残された。

そんな育雄に、役場を訪れている人や職員たちの目が集中する。

(候補者って役場に来て良かったんだっけ？　役場で選挙運動していいんだったっけ？　いや、ぼくひとりで選挙運動なんて心細くて無理だから)

育雄がもじもじする中、長イスで順番を待っている人たちが、握手を求めようか声をかけようかと腰を浮かせている。そちらの方に力のない愛想笑いを向けたら、窓口の会話が聞こえてきた。

——へえ、東京から無銭旅行でねえ。

若いバックパッカーを相手に、役場の職員が不機嫌な声で応対している。

——無銭旅行っていうくらいだから、食費も宿泊も、自力で何とかするもんじゃないの？

——すみません。本当にお金がなくなって、困ってしまいまして。

仏頂面の職員は、育雄の記憶にある人物だった。ずいぶんと老けてしまったように見えるが、こよみ村中学時代の同級生だ。

(名前は——ええと)

遠い記憶をたどるのもそこそこに、バックパッカーの顔を見て驚いてしまう。

(あれ、間山って男じゃないか？)

育雄の送別会があった夜、竜胆市役所を訪れて千円を工面してもらっていた行旅人、間山健二である。育雄がおごるつもりでいたとはいえ、一緒に屋台で飲み食いして、お礼の一言も云わずに消えてしまった無銭旅行の青年だ。

ひょっとしたら、竜胆市近隣の役場窓口を片っ端から訪ね歩き、行旅人として食事代をせしめているのだろうか。そう思ったら、めったに昂《たか》ぶらない育雄の頭にも血がのぼった。

「こら、きみ」

思わず高い声が出る。

名前を思い出せない同級生と、間山健二が同時にこちらを向いた。

同じタイミングで、「ワーン」という緩やかな音叉《おんさ》のような音がして、役場ロビーの空気がなぜか凍り付く。

すぐに、火事のときに鳴る半鐘《はんしょう》の音だと思い当たったが、音のテンポが違っていた。尻をたたくように忙しく鳴る火災警報とは違い、ひどく緩慢に「ワーン、ワーン」と響くのである。

（あれ？）

この半鐘のせいなのか。

育雄は周囲に起こった変化に気付いた。

机に向かっていた職員たちも、長イスで待っていた利用者たちも、一様に頭を動かして何かを探そうとし始めたのである。いや、この変わった半鐘の音が目に見えでもするかのように、視線を動かしているのだ。

その目つきの険しさが、全員まるで同じであることに、育雄はわけもなく戦慄を覚えた。

そんな中で、ただ一人違う行動をとった者が居る。

無銭旅行の旅人——間山健二が、正面口に向かって駆け出したのだ。

「待ちなさい、間山さん！」

間山が自分を見て逃げ出したと育雄は思ったのだが、飲み逃げの非礼を恥じたにしては、血相の変え方が尋常ではなかった。

入れ違いに正面口から入って来た溝江アンナが、間山に突き飛ばされて、しりもちをつく。

続く瞬間、庁舎の奥から飛び出して来た職員が、のどから振り絞るような声を上げた。

「村長室の金庫から、暦が消えています！」

6

村長室から消えた暦とは、予言暦そのものであったらしい。

役場を訪れていた行政サービスの利用者を含め、庁舎は沸騰したような騒ぎとなった。

「育ちゃん。こんなときじゃなけりゃ、ゆっくり話をしたいんだが」

間山の応対をしていた職員が、育雄のところまでやって来た。

役場に来ていた人たちは用事もそこそこに速足で帰りだし、職員たちの多くもそそくさと席を立ったまま戻って来ない。

状況が飲み込めずにロビーのイスで小さくなっている育雄は、どうにかこの同級生の名前だけは思い出していた。

平野駿一《ひらのしゆんいち》。

幼稚園から中学校まで、クラス随一の腕白ぶりを誇っていた平野は、今は役場の総務課長という役職に就いていた。

「育ちゃんは選挙運動を続けてくれて構わないが、できれば自宅か事務所で待機してもらいたいんだ。なにしろ、村始まって以来の非常事態だからな」

育雄のとなりで興奮気味に立ったり座ったりを繰り返していたアンナは、平野を摑まえて緊張した声を出した。

「課長さん、さっき出て行った人、マヤ・マッケンジーですよ」

「アンナさん、知り合いなのか？」

平野がアンナに目をやったとき、半鐘を聞いた松浦が育雄たちの方にもどって来た。

それに目を向ける余裕もなく、アンナは興奮して両手を振り回した。

「知り合いじゃないけど、有名人よ。ほら、占い師のマヤ・マッケンジーですってば」

「ああ――なんと」

平野は目を丸くする。

その名ならば、育雄も市役所在職中、昼休みに観るテレビでよく耳にしていた。

「ワイドショーで云ってた仮面の占い師って、あんな若い男だったんだ」

「仮面の占い師と云っても、実際にお面なんかを着けているんじゃないのよ。正体不明ってのが、彼の売り文句だったの。もちろん、マスコミのスタッフや仕事仲間にまで顔を隠すことは出来ないわよね。わたしも、先月号で彼と対談してますから」

そう云ってアンナは、手に持った雑誌『マイセルフ』を、キュウキュウと丸めた。

「そんなメジャーな占い師が、どうして無銭旅行でこよみ村を――」

云いかけた平野が、「ああ！」と云って、ひざを叩く。

「無銭旅行ならば、行旅人として役場にやって来るのも不自然じゃない。役場にもぐりこんで、予言暦を盗み出したというわけか！」

ひと呼吸遅れて、育雄も「ああ！」と云って、ひざを叩く。

「間山健二――マヤ・マッケンジー！　芸名はダジャレか」

「育ちゃんも、あいつを知ってるのか」

平野に訊かれて、育雄は話題の間山が竜胆市役所を訪れたときのことを、かいつまんで説明した。

「ぼくには、彼が純粋に無銭旅行を楽しんでいるように見えたけど――。彼がそのマッケンジーって占い師だったとして、ハングリーな一人旅をしたいってのは、本当の気持ちからだったと思うんだけどなあ」

「ところが、どっこいだ。竜胆の市役所に行ったのは、うちの役場に忍び込むリハーサルだったんじゃないか？」と平野が云う。

「彼ここのところ、深刻なスランプだったのよ。雑誌の対談が終わったあとも、どこかに行ってしまいたいとぼやいていたから」

マヤ・マッケンジーの仕事の不調は、テレビのワイドショーでも盛んに云われていた。年齢、経歴、私生活、国籍までも隠すことで神秘的なイメージを演出していたマッケンジーだが、現在は、仕事をすべて放り出して消息を絶っているらしい。死亡説までささやかれる中、元より謎めいたキャラクターが売りの占い師は、失踪前よりよけいに注目を集めていた。

「そして、こうも云ったわ。アンナさんが住んでいる村には、確実に当たる占いがあるんだってね――って」

「予言暦のことですね」

それまで黙っていた松浦が、冷静な声で云った。

「確かに、これから起こることが記されている予言暦は、スランプの占い師にとって、きわめて魅力的でしょう」

「なるほど」

うなずいて顔を上げた育雄は、フロアに残っていた職員一同が、ぐるりと自分たちを取り囲んでいることに度胆《どぎも》を抜かれた。皆が一様にまなじりを決しているので、育雄自身が予言暦泥棒にでもなったような心地がしてくる。

「育ちゃん、アンナさん、貴重な情報をありがとう。でも、ここから先は役場の人間にまかせて、あんた方は選挙運動に戻ってくれ。——繰り返しになるが、できるならば外出はひかえて、事務所で待機していてくれればありがたい。あんた方が下手な事故に巻き込まれるのは、村としても困るからね」

平野は脅しにも聞こえるようなことを云って、育雄たちを役場から追い出した。

＊

「間山という男——マヤ・マッケンジーが予言暦を盗んだのは、確かなようです」

松浦は選挙カーのドアを開け、リアシートを指して「アオダイショウに気を付けて」と育雄に向かって云った。

「自然保護課が山に帰してくれたんじゃなかったんですか？」

「途中で半鐘が鳴ったから、だれもがアオダイショウどころじゃなくなりましてね。何とか段ボールの中に追い込んだのはいいのですが、その段ボールをまだクルマの中に積んであります」

引っ越し業者が使うような大きな段ボールが、育雄の小さな選挙カーのリアシートを占領している。

「お二人を家まで送ったら、ぼくが山まで運んで、放してやりますよ」

「松浦さん、一人で大丈夫ですか？」

「放すだけなら、まあ、なんとか」

育雄は段ボールとドアの間に、おっかなびっくり体をすべりこませる。箱に耳を近づけると、押し込められた蛇が身をよじる気配がした。

「間山は行旅人として役場を訪れ、しばらくロビーで待たされていたそうです。行旅人の訪問が長いことなかったもので、だれも対応方法が判らなかったらしいんですね。その間に、トイレに行くと云ってロビーを離れて、しばらく戻って来なかった。一方で、村長室近くで、間山を見た職員が居たそうです」

「まったく、馬鹿なことを――」

育雄はため息をついて、車外の眺めを見た。

役場の職員たちや、消防団をはじめとして、村民こぞって徒党を組み、東へ西へと速足で駆け抜けて行く。

消防団員は黒地に袖口から肩へかけて赤いラインで染められた法被《はっぴ》を着用していたが、その他の人たちは同じ型でただ漆黒のものを着ている。

「あれは？」

「青年団の制服ですよ。ぼくも持っています」

「へえ」

黒い法被は、ものものしい雰囲気に重みを加えていた。

農作業がはじまったはずの田畑には、人が居ない。厳しい顔つきの男たちを乗せたクルマが往来し、行進するように路肩をゆく者たちと、窓越しにあいさつを交わしていた。

クルマの中には何が積まれているのかはわからないが、数人単位で道を行く人たちが、手に手に棒やシャベルといったものを持っているのが物騒に見える。

彼らは育雄の選挙カーが近づくとこころよく道を開け「湯木の坊ちゃん、安心してください」「湯木の坊ちゃん、暦は必ず取り戻しますよ」と、感じの良い笑顔をくれた。

アンナが借りている古民家の前では、息子の麒麟が出ていて、往来の様子をうかがっている。

助手席から降りたアンナは、育雄たちへのあいさつもそこそこに、息子の背中を叩いた。

「ダメよ、麒麟。この半鐘が聞こえたら外出禁止って、学校でも云われているでしょう」

「本物を初めて聞いたもんで。でも、本当にあるんだね、こよみ村の戒厳令って」

変声期の声で、麒麟は悪趣味な云い方をする。

そんな溝江親子に見送られて、クルマは育雄が寝起きしている湯木勘助邸へと進路を変えた。

「あの間山って男は、見つかったらどうなってしまうんでしょう」

「お役所の扱いだと……行旅人が亡くなると、行旅死亡人になる。問題の彼が、そうならなきゃいいんですけどね」

さらりと云ってから、松浦は「冗談ですよ」と付け加えた。

棒やシャベルを持った男たちを見ているうちに、育雄にはとてもそれが冗談には思えなくなる。

「あの――。ぼくらも、間山くんを探しませんか？」

「どうしたんですか？　湯木さんもやはり、予言暦を盗んだ人間を放っておけない、と？」

「まあ、そんなところです」

育雄は一度クルマを停めてもらって、改めて助手席に移る。

「頑張ってくれた松浦くんたちには申し訳ないんですが、ぼくはどうしても自分が当選するとは思えないんです。しかし、村の人たちの多くは、ぼくの当選を信じている」

「ええ。予言暦にそう書いてあるから」

落ち着いて云う松浦の横顔を、育雄はしげしげと見つめた。

「あの――松浦くんは予言暦というものを見たことがあるんですか？」

「いいえ。でも、前村長の言葉を、ぼくは信じています」

「つまり、親父は見たことがあるんだ」

「おそらく」

「おそらく？」

松浦の云いように、育雄は驚いた。湯木勘助の遺志にしたがう松浦ですら、予言暦に関する肝心なことにはタッチしていないようだ。

（親父が見ていたとしても、もうこの世にはいないわけだし）

ある意味で「死人に口なし」だと思った。けれど、今、育雄が云いたいのは予言暦とは別のことだった。

「落選が決まるより前に、ぼくは自分で間山くんを見つけ出したいんです。落選と決まるまでは、ぼくはまだ村長の候補者だ。ぼくに発言力があるうちに間山くんを保護して、村から無事に出してやりたい。もちろん、彼が予言暦を盗んだというのなら、返してもらいます」

「判りました」

松浦は少しだけ考え込んだあとで、きっぱりとそう答えた。二人を乗せた選挙カーは、湯木勘助邸を通り過ぎて山の方へと向かう。

「予言暦を見てみたいのは、ぼくも同じです」

途中、十文字陣営の選挙カーとすれ違ったが、相手はいつもと変わらず柔らかな音のするスピーカーで十文字丈太郎の名をアナウンスしていた。「ワーン、ワーン」という半鐘は相変わらず鳴り続け、その音の意味するところは十文字陣営とて理解しているに違いない。それでも、十文字方の一同は、なにくわぬ様子で選挙運動を続けている。

「あの人たちは、この騒ぎをどう見ているのかな」

「基本的には傍観、でしょう」

松浦は育雄に向かってちらりと一瞥《いちべつ》をくれると、アクセルを踏んだ。

「こよみ村は今、十文字丈太郎氏による開発促進派と、前村長を支持していた自然保護派とに分かれています。ぼくら自然保護派は、市町村合併反対派で、予言暦派でもあります。少し前まで自然保護派の勢力は、ゆるぎなかった。でも、十文字はなかなかのやり手だから、前村長一辺倒だったこよみ村の中で、自分の居場所を大変な勢いで広げているんです。だから、是が非でも、湯木さんに当選してもらわなくちゃいけないんですよ。さもなければ、こよみ村が地上から消えてしまう」

「そんな大げさな」

一本道を山に向かってクルマを進めながら、松浦は沈黙によって育雄のつぶやきを否定した。

＊

日が傾くにつれて、こよみ村には一種異様な空気が立ち込めはじめていた。

松浦が云うには、駅には真っ先に役場の人間が向かったらしい。村外に通じる道路にも、屈強な建設課の職員たちが配置されている。

「それじゃ、まるで……こよみ村を封鎖したってことですか」

「そのとおりです」

松浦が平然とうなずくことに、育雄は不安を覚えた。

間山を村の人たちに先んじて見つけることに賛成してくれた松浦だが、それはあくまで予言暦を見てみたいというだけで、間山を助けたいという考えからではないようだ。いみじくも麒麟が云ったとおり、戒厳令の様相を呈したこよみ村から、どうやって間山を逃がしてやれるのか。思案しても、なかなかうまい方法は思いつかなかった。

「あの、松浦さん。予言暦を見ることが出来る人は限定されているんですか」

「はい。こよみ講という集まりがありまして、その中の人だけが予言暦を開くことが出来るんです。でも、だれとだれがその講に属しているのかは、簡単には判らない仕組みになっています。ただ一人、前村長が予言暦の守護者であることは、村中の者が知っていました」

「万一当選したら、ぼくもそのこよみ講に入るのかな？」

「いずれは、そういうことになるかも知れません」

松浦は、あいまいな云い方をした。

「松浦さんは、こよみ講の人じゃないんですね」

「ええ、残念ながら」

松浦の声は、言葉のとおり本当に残念そうだ。

育雄は自分の味方となる人たちの、明らかに狂信的な信心のようなものに、強い違和感を覚えずにはいられない。

(間山健二を逃がすなら、味方より敵を頼るべきだったんだ)

予言暦に何の重きも置かない十文字丈太郎ならば、それにちょっかいを出した間山にも寛容に対応してくれるだろう。けれど、今の育雄の立場では、表だってそんなことは出来ない。

育雄の思案を乗せた無言の選挙カーは、だんだんと木立の中へと分け入り、何を祀るのか判らない鳥居の近くで停まった。覆いかぶさる樹木ごしに、傾きだした陽ざしがやけに赤く見える。

「あ、湯木の坊ちゃん」

驚いたことには、黒い法被を着た追跡隊はこんなところまで来ていた。手に手に長い棒を持って、冬枯れたままの下草を払いながら、暦泥棒を探しているのだ。

（まるで落ち武者狩りみたいだ）

育雄の怯えに反して、泥棒狩りの男たちは礼儀正しかった。黒い法被を着たものものしい様子でも、育雄の前では人の好さそうな青年たちにもどるのだ。

「湯木の坊ちゃんは、どうしてこんなところまで？」

「いえ、実はですね――」

アオダイショウを山に放すのだと云うと、皆は興味津々に集まってきた。

「蛇を放しに、選挙運動を休んで来たんですか？　さすが湯木の坊ちゃんはお優しい」

自分より若い人間に坊ちゃんよばわりされるのは、申し訳ないような馬鹿にされているような、複雑な心地がする。

「もう少し、奥の方まで行って放しましょう」

「おれたちも、手伝いますよ」

泥棒狩りの一行は、選挙カーのリアシートに投げ込まれた蛇を十文字陣営のしわざだと云いたてては、皆でしきりと十文字丈太郎の悪口を云った。

「それより、間山健二は？」

「まだ、みつかりません」

この辺りはあらかた調べたらしく、確かに間山の居る気配はない。第一、クルマを使ったのでなければ、こんな遠くまでは逃げては来られまい。

（それでも――）

黒い法被の男たちに追われて、村内を逃げている間山のことを想像してみた。どれほど怖ろしいことだろう。

（鬼ごっこだって、逃げているうちに本気で怖くなるもんな）

「この辺りでどうですか」

鳥居も見えないほどまで来た辺りで、松浦が云った。

「ここなら、もう里まで降りて行くこともないでしょう」

「そうだね」

段ボールに閉じ込められていたアオダイショウが、下草の繁る中に放たれる。

「ほら、山に帰んなさい。お互い、災難だったねえ」

蛇はひとときょとんとしていたが、ふうと尾を揺らすと木立の中に消えて行った。

「あ」

育雄は思わず小さい声を上げる。

蛇の消えたうす暗がりの中に、髪の長い女が居たように見えたのだ。

しかし、同じように蛇の姿を目で追っていただれも、それを口にしないところをみれば、育雄だけの錯覚なのだろう。

「ああ、いいことをした。命の重さを感じるな」

行旅人を行旅死亡人にしかねない殺気を放ちながら、黒い法被の青年団員たちは晴れ晴れと泥棒探しに戻って行った。

＊

選挙事務所の異変に気付いたのは、松浦だった。

事務所は、松浦の住む村はずれの古民家に置かれている。村の多くの人と同じく、松浦は母屋にも土間にもカギは掛けていない。

「盗む人もいないし、盗まれるものもありませんから」

育雄の選挙事務所になっている土間のカギにいたっては、昔ながらの心張棒《しんばりぼう》である。

帰り着いた育雄たちを待っていたのは、その心張棒をしっかりと支《か》った引き戸だった。

「変だな。カギを掛けた覚えがないのに」

母屋の玄関も施錠されていて、松浦はジーンズのポケットから不慣れな様子でカギを取り出した。

「湯木さんは外で待っていてください」

「は——はい」

松浦の表情に緊張を読み取り、育雄は事務所の前に回ってそわそわと待った。

時計をした腕をもむようにして、育雄は夕暮れの中に立ち尽くす。それからずいぶんと待たされた気がした。

数分後に事務所の引き戸が開き、松浦が肩を抱くようにして連れて来たのは、間山健二だった。

＊

間山は確かに村長室の金庫から、予言暦を持ち出していた。

その動機は、彼の正体を最初に見破ったアンナが、推理したとおりである。占い師マヤ・マッケンジーとして、究極の予言を手にするためだ。

けれど、彼が手にした予言暦には何ひとつ書かれていなかった。

和綴《わとじ》にされた古い冊子は、全てのページが白紙だったのである。

「松浦さん、これはどういうことでしょう」

「判りません。判りません」

予言暦に基づく村の運営——それを支持してきた松浦にとって、目の前の白紙の草紙は、理解を超えたものだった。常の彼らしくもない気の立った様子で、間山健二の持ち物を、バックパックはもちろん、ポケットの中まで調べだす。

「あの……パンツは一枚につき、三日くらいはいていますから」

汚いですよ、と間山はおずおず声をかける。

そんな声など耳に入らないかのように、松浦は三日はいたパンツも穴のあいた靴下もようしゃなく放り投げた。それが足元に落ちてくるたびに、育雄は節分の鬼のように逃げ回る。それでも何も出てこないことに癇癪《かんしゃく》を起しかけた松浦が、奥歯から声を押し出すようにして訊いた。

「間山健二、あんたは何者なんだ。何の目的でこよみ村に来たんだ？　盗んだものは、他にはないのか」

こんな白紙の綴りが予言暦であるはずがないと、松浦が強く云い張る。

それに対する間山の答えは、育雄の予想を逸脱していた。

「ぼくの名前は——間山健二……なんですか？」

「おい、何を云ってるんだ」

「竜胆市役所の行旅人の申請書に、そう書いたじゃありませんか。一緒に屋台でお酒を飲んだでしょう？」

「はい。湯木さんにはお世話になって――」

　実際に親切にされたのを思い出したのか、間山の顔が泣き出しそうにゆがんだ。

「ぼくはどうして、この村に居るんでしょうか？　どうして、皆が怖ろしい顔でぼくを追いかけてくるんでしょうか？」

「こちらが聞きたいことだよ。それに、なんだってうちの事務所に居たんです？」

　間山はやみくもに逃げ回って、人けのない村はずれまで来たとき、湯木育雄の名前を掲げたこの選挙事務所を見つけたという。「あったかい焼酎が飲みたい」流れる汗を夜風になでられ、間山はむしょうにそんなことを思った。

「湯木さんは前にも親切にしてくれたから、ひょっとしたら助けてくれるかも知れないと思って、ここに隠れていたんです」

「何の目的でこの村に来たのかも、自分のしたことも覚えていないと云うんですか」

　育雄が呆れ顔をすると、間山はすがりつくような目でうなずいた。

「湯木さん、どうします？」

　狭い事務室の中ではささやき声も聞かれてしまうのだが、それでも松浦はこそこそと尋ねてくる。

「どうするって？」

「役場に突き出しますか、それとも――」

逃がしますか?

松浦はいっそう声を低くした。

育雄は決断するということに長《た》けていない。そもそも、苦手である。常に迷いのない決断を下す父のもとで育ち、大学卒業後は市役所に入り、決断とは無縁の地位で働いてきた。家庭においても、財布のかじ取りは多喜子の役目であった。

「逃がしましょう」

自分の声が、育雄にはまるで別の部署の上司が云ったみたいに聞こえた。

「彼を見つけたと、ぼくが役場に電話をします。そうしたら、村の要所を抑えている人たちも役場に集まって来るはずです。松浦さんはそのすきを見て、彼を電車に乗せてしまってください」

「湯木さんは、どうするんですか?」

「ぼくは役場に行って、この白紙の予言暦を返して、事情を説明します」

「皆は、信じないかも知れませんよ。——実際に彼を目の当たりにしているぼくでさえ、半信半疑なくらいです」

「少なくとも、ぼくの方が彼より安全な立場に居ますから」

けれど、これで味方をしてくれていた亡父の支持者たちからも完全に見放されて、あさっての選挙では確実に負けるだろう。そのことは口には出さなかったけれど、松浦には伝わったようだった。

「いや、市役所を辞めたところから始まって、湯木さんは歴代の村長選のだれよりも、果敢に戦ったと思います。だから、ぼくは諦めていませんよ」

そう云って、松浦はスチールデスクの引き出しから、当選のスピーチ原稿を出してみせた。

＊

間山健二を見つけた。

その知らせを受けて、職員、消防団、青年団、有志の者に野次馬もつめかけ、閉庁後の役場ロビーは、ひといきれで初夏のような熱気を帯びていた。

そこに現れた育雄は、「すみません……。すみません……」と呪文のように唱え、皆の前に立った。

「すみません、間山くんのことは、ぼくが逃がしてしまいました」

育雄がそう云うと、集まった一同からは怒りと落胆の声がはじけた。

「彼の身に危害が及んではいけないと、ぼくが勝手に判断して、彼には逃げてもらいました。それから――」

言葉にならない非難をあびながら、育雄は間山が持っていた白紙の予言暦を頭上にかざす。

「間山健二が盗んだ予言暦は、白紙でした」

「育雄、おまえ、馬鹿じゃないのか」

こらえきれなくなって反論を口にしたのは、かつての同級生である平野駿一だった。

「おまえは信じたのか。あらかじめ白紙の冊子を持っていて、これを盗んだと云って差し出したのかも知れないじゃないか」

それを皮切りに、集まった一同が胸の内に起こった言葉をそれぞれに云いつのる。

「…………」

覚悟して来たつもりの育雄だが、まるで年頃の乙女のように下まぶたに涙がたまっていくのを覚えた。振り上げた白紙の予言暦を、おずおずと胸の前に抱えて頭を垂れる。

その後ろから、不意に大きな柏手が「パンッ、パンッ」と、二回鳴った。

一同の注目が自然と集まった場所には、ころりと太った短軀を仕立てのよいスーツに押し込んだ十文字丈太郎が居た。ロビーのソファにふんぞりかえった彼は、短い首を右から左へとねじって、その場所に集った全員に薙《な》ぎ払うような視線をくれた。

「育雄くん、湯木勘助氏の自宅金庫を調べてみたらどうかな。あの狸親父のことだ、無用にややこしい真似でもしていそうじゃないか」

しんとした中で、集った皆が互いに目を見かわす。

「は――はい」

声を裏返らせて返事をすると、育雄は白紙の予言暦を平野に押し付けた。

「家に帰って、見てみます」

皆が啞然とする中、育雄はクルマを出してもらうことすら考えが及ばず、亡父の家まで駆けに駆けた。

思い返してみれば、確かに、それらしい封筒が金庫の中に入っていたのだ。

もったいぶるのが好きな父は、おれが死んだ後で困りごとが起きたら読むように――なんて云っていた。大時代な推理ドラマみたいなことをするものだと、育雄は笑いだしそうになったのを覚えている。

玄関でくつを脱いだときに、あがり框《がまち》で思い切り向こうずねをぶつける。それでもあたふたと廊下を走った。

(早く――早く。皆が待ってる)

夜道で目が闇に慣れていたので、玄関と廊下では明かりもつけずに、仏間まで駆け込んだ。

そこでようやく蛍光灯のヒモを引っ張ると、蒼い光が瞬くようにして降り注ぐ。

「ええと――ええと」

仏壇わきの押入れの中に、父・勘助が使っていた金庫がある。

何年も前に聞いた開錠の番号を、頭をふりしぼるようにして思い出した。

「あった！」

育雄は父の残した封筒の中に、思ったとおりの短い手紙を見つけた。それをにぎりしめ、電話にかじりついたのはいいが、電話が通じても息切れでろれつが回らない。

「あり……ありましゅた……金庫に、金庫にありましゅた」

電話の向こうでは、平野のかみつくような声がした。

――予言暦が、そっちの金庫にあったのか？

育雄は息を整えるため数秒間黙り、それから「違う、違う」と慌てて云った。

「親父のメモを――読み上げましゅ」

ひとしきり咳き込んだあと、育雄はいくらか威厳を整えた声で亡父の残したメッセージを読み上げた。

『予言暦は、信用できる人に託してある。安心しなさい』

平野がそれをロビーに集った一同に伝えると、安堵の声が受話器を通して伝わってきた。

育雄はようやく畳に尻もちをつき、胸をなでおろしているであろう皆の顔を思い浮かべて、長い息をつく。

ぽつねんと電車に乗り込む間山の姿が見えた気がした。

泰然と役場のロビーを後にする十文字の後ろ姿を想像して、育雄はもう一度ため息をついた。

7

夜のローカルニュースでは、こよみ村の選挙結果が流れていた。

中継は、村はずれにある湯木育雄選挙事務所からである。

画面いっぱいに「バンザイ」をする支持者たちの映像が出て、新村長夫妻が一同に向かって会釈を繰り返していた。

立候補から選挙運動まで反対と無関心を決め込んでいた多喜子が、この日のためにスーツを新調して駆け付けたのは意外だった。

奈央は母が新しいスーツを買いたかっただけなのかも知れないと、変な深読みをしている。なにせ、落選したら育雄は無職だ。これから始まる節約生活の前に、洋服の一着も欲しかったのだろう。それを着て事務所で選挙結果を待ち、「残念だったわねえ」なんて、ひとこと嫌味でも云うつもりだったに違いない。

ところが、「残念」どころか「バンザイ」だったのである。

そんなわけで、赤い達磨には両方に目が入っている。しかし、はりきって墨を付け過ぎたものか、垂れた墨汁が片方の目から頬に落ちて、まるで西洋のピエロみたいな面相になっていた。

カメラがレポーターからの報告に切り替わると、壇上に居た多喜子はそそくさとその場を離れる。

パイプイスに腰掛けていた奈央は、母親がバックレるのを横目で見ながら、缶コーヒーのプルタブを開けた。

選挙期間中の育雄は、健闘したとはお世辞にもいえたものではなかった。

街頭演説で緊張のあまり口がきけなくなったり、討論会では論破されて涙を流したり。はたまた温泉での全裸写真が流出するなど、村の人口の多くを占める年輩の人たちには、育雄は放っておけない不肖のわが子のように見えたようだ。

故湯木勘助の一人息子とは思えない育雄の情けなさは、なぜか同情票という形で実を結んだ。

(あーあ、白くまアイスバー食べそこなっちゃった)

壇上のセレモニーは、父・育雄の当選スピーチに移ろうとしていたが、そこから先はスケジュールに入っていないのか、撮影クルーは引き上げの準備を始めている。

一方、支持者を前にした育雄は、番狂わせに色を失っていた。

松浦が自信作だと云って渡してくれたスピーチ原稿が、白紙だったのである。

あせった育雄は、白紙の原稿を左手に持ち替えて、右手で背広のポケットを確かめ、それから胸ポケット、尻ポケットを探すという空しい動作を繰り返している。

事態を悟った松浦が慌てて席を立つと、パソコンを置いた事務所の隅に引っ込んだ。プリンタの電源を入れ、コピー用紙をセットしている。

ついさっきまで「バンザイ」の声で満たされていた会場が、ざわめき始めた。

アクシデントが起こり、松浦がスピーチ原稿を印刷し直そうとしているのは、その場に居るだれの目にもはっきりと判った。

しかし、松浦のパソコンは動作が遅い。立ち上がると同時にフォルダをクリックしたら、そのままフリーズしてしまった。強制終了させて、再度、電源を入れる。

その間にも、育雄は印字された原稿を探そうともがき、手が滑って白紙の原稿が舞い落ち、それを慌てて拾い集める。

当選を報告するおめでたい会場は、いつの間にか残念会のような沈うつな空気が流れ始めていた。

面白いハプニングだと思ったのか、カメラが再び育雄の顔へと向く。

その時、困り果てた育雄の表情が変化した。

「ええと、少し前までは――」

育雄は白紙の原稿をたたんでポケットにもどすと、緊張した笑顔でマイクの前に立った。

「少し前までは、ぼくは不安の中に居りました。ある人が云っていたのですが、希望と不安は同じものだそうです。自分を取り囲む環境、自分が居るべき場所に居れば、不安は希望になるんです。ぼくは今、居るべき場所に帰って来ました。

逃げて来たんじゃ、ありません。妥協してあきらめたのでもありません。

こよみ村の皆さんに選ばれて、ここに立っているのです。

昨日までのぼくは、不安だらけの人間でした。しかし、居るべき場所に立った今日からは、希望だけがぼくを満たし、ぼくの原動力となることでしょう。村民の皆さんのためには、たとえ人柱になることだって、ぼくは厭《いと》いません。

皆さんのこよみ村を守る役目を与えられたことに、百パーセントの希望をもって取り組んでゆくつもりです」

割れんばかりの拍手が起こる。

（しかしね、お父さん――）

缶コーヒーを膝のあいだにはさんで拍手をしながら、奈央は少しばかりシニカルな気持ちになっている。

（あの占い師のマヤ・マッケンジー、無銭旅行の間山健二さんだけどね。――そんなに都合よく記憶をなくすなんてこと、あり得るのかな？　間山さんがウソを云ってお父さんたちをだましたのなら、それも癪な話だけど……。でも、もし本当だとしたら、もっと大変なことじゃない。この村には、何かがあるのよ）

間山健二はこの事務所の中で育雄たちに見つけられるまでに、いったいどんなことを体験したのか。それを思うと、手放しで「バンザイ」をしたり拍手をもらったりしている育雄が、文字通り「おめでたい」人に思えて仕方なかった。

（どっちにしても、賭けに負けちゃったもんなあ。わたしもしばらくは、お父さんの田舎暮らしに付き合うことになりそうね）

拍手を途中で切り上げ、奈央は缶コーヒーを手に取る。

——きみのお父さんが村長になったら、きみもこの村の子どもになりなさい。こよみ村の中学校に転校してくるんだ。

無人駅のホームで取り交わした十文字丈太郎との約束を、奈央は破るつもりはない。

（だって、約束は約束だもんなあ）

奈央はのどを上げて缶コーヒーを飲み干し、胸元で揺れたビーズのペンダントに手をやった。

親友の静花とおそろいの、木の葉の形をしたアクセサリーだ。

お互いにだれよりも頼りになる、そんな静花と中学生活の二年間を離れて過ごさなければならないのは、気が重い。

＊

同じころ、こよみ村でゆいいつ信号機のある一角に住む十文字丈太郎は、リビングの長イスにふんぞりかえっていた。

短軀で太った十文字は、こんな姿勢で居ると、まるでゆるキャラのぬいぐるみみたいに見える。昔から勤める家政婦が、そんな思いもおかしさも胸の中にぎゅうぎゅう押し込んで、お盆に乗せた白くまアイスバーを差し出した。

「今夜は珍しいものを、お召し上がりになるんですね」

「賭け物なんだ」

「はい？」

「賭けに負けて、それを差し上げるはずだったんだよ。ある人物にね」

大画面のうす型テレビに映し出された、湯木育雄選挙事務所の映像をみやった。勝利宣言のスピーチが終わり、満場の拍手がその場に居るような臨場感で迫ってくる。

十文字は目の前に置いた湯木育雄のスピーチ原稿を、憎々しげに丸めると、部屋の隅のゴミ箱に向かって投げ入れた。せめてもの憂さ晴らしに取り上げてやったものを、湯木の馬鹿息子めが、青くさい演説などで切り抜けてしまった。

十文字の投げた紙の玉は放物線を描いて宙を舞い、ゴミ箱の端にぶつかって観葉植物の鉢の上に落ちた。

「バンカーです」

家政婦は礼儀正しく云って拾いあげ、それをゴミ箱に落とす。

テレビ画面の隅っこで、やけを起こしたようにのどを上げて缶コーヒーを飲む少女の姿をみつけ、十文字は少しだけ機嫌が直った。

(湯木奈央くん、賭けはわたしの勝ちだったね——お互い、残念ながら)

十文字は乾杯のポーズをとってから、白くまアイスバーをかじった。

第二話　だるまさんがころんだ

1

連休の始まる五月初旬の土曜、親友の静花が竜胆市から泊まりに来た。

同じタイミングで、湯木奈央の三人の大叔母たちも、こよみ村の家にやって来た。

——ここは、わたしたちが育った家ですからね。これからも、いつだって気がねなく、来させてもらいますよ。

出迎えた現在の当主である父・育雄の顔を見て、大叔母の一人は、開口一番に「ここはわたしたちの家」宣言をした。

——育雄ちゃんは、昔からぼんやりしているから——。

——わたしたちが、どんなに湯木家のために尽くしてきたか——。

——わたしは知っているんですよ、あなたの奥さんの本性ってものを——。

　三人は玄関先で同時にしゃべり出し、少しだけ遅れて到着した静花は、燃え盛る火焔を前にしたように後ずさる。窓から手を振る奈央の合図どおり、勝手口から足音をしのばせるようにして二階に上がった。

「奈央のところに来ると、いつもだれかがケンカ腰だね」

　奈央の部屋に逃げ込み、静花は竜胆駅前から買って来たドーナツの箱を差し出す。

「松浦さん来ないかな。ねえ、あとで、松浦さんのところに行ってみない？」

「ひょっとして、静花、松浦さんが好きなんだ？」

「だって、松浦さんて、イケメンで美形でハンサムでしょ」

「なるほど、静花は、松浦さんが好きなんだ」

　奈央と静花の胸元には、緑色のビーズで木の葉をデザインした、おそろいのキッチュなペンダントが揺れている。

＊

　湯木育雄がこよみ村の村長選挙に当選してから、ひと月が過ぎた。

　マニフェストの「マ」の字もなく、政治のことなど毛ほども知らず、おまけに田舎暮らしというものすら忘れかけていた育雄が村長になどなってしまったのは、育雄の父である勘助翁《かんすけおう》の遺言によるものだった。

「遺言で選挙が勝てたら、だれも苦労しないって」

「だけど、おじさん、ちゃんと勝てたんだよね」

静花は持参したドーナツをほおばる。

奈央は中学生にしては渋い趣味のマグカップに、紅茶を注いだ。

「お砂糖ないけど」

「いいよ。ドーナツ甘いから」

「ああ、街の味がする」

奈央はチョコレートのかかったドーナツを、ありがたそうに口にする。

「奈央ったら、転校しちゃうんだもんなあ」

「それもこれも、お父さんが村長に当選なんかするから」

「そう。おじさんったら、これは決まったことだなんて云って、家族の反対を押し切って立候補して、本当に当選しちゃったもんね」

「決まったこと――予言暦に書かれているから、決まったこと、ってわけか」

こよみ村には、昔からひそかに守られてきた予言暦というものがある。

最初に云い出したのは、静花だった。こよみ村の村長選挙が始まる直前のことだ。静花の兄が大学の図書館で調べてきたのだ。

静花の兄は、竜胆大学のB級民俗学同好会というサークルに属している。郷土資料や行政のパンフレットを深読みして、いかにも怪しげなストーリーを組み立てたりする集まりらしい。

彼が云うには——。

こよみ村の中で起こるすべてのことは、予言暦の中に記されている。

村の行政までが、その予言によって運営されてきた。

こよみ村が今もって閉鎖的な土地柄で、市町村合併の話にも加わらないのは、その特殊なシステムがあるせいだ——とのこと。

「こっちに来る前は、まあ、手の込んだおとぎ話だろう、くらいに思っていたのよ」

奈央は紅茶を飲んで、長い息をつく。

「でもね、住んでみると確かに、村全体が何かにコントロールされているという感じを受けるんだわ。これって漠然とした感じ、なんだけど」

「何かって、予言暦のこと？」

「うーん、そうだね」

階下からは大叔母たちの声がキンキンと響き、反対に奈央たちは声をひそめた。

「お父さんの選挙運動のときも、予言暦をめぐってひと悶着あったみたいだし」

「ああ。マヤ・マッケンジーが、予言暦を盗みに来た話ね」

スランプに悩んだ占い師が、バックパッカーとなってこよみ村を訪れた。究極の占い

――予言暦を盗み出すためである。

村長選前々日に起こったその事件のことは、奈央の耳にももれ聞こえていた。なにしろ、村をあげての落ち武者狩りみたいな騒動になり、あまつさえ、見つけ出された占い師は、自分の名前さえよく覚えていなかったというのである。

「記憶をなくしちゃうなんて、超常的なものを感じさせるじゃない」

「平たく云うと、不気味な存在ってことね」

「そう」

それだけ大きな位置を占めていながら、こよみ村では予言暦について口にすることはタブーとなっていた。そもそも、予言暦とは、村民といえども、だれもが閲覧出来るというものではないようだ。こよみ講という特別な組織のメンバーでなければ、予言暦を目にすることは出来ない。

しかし、こよみ講を構成するのがだれとだれなのか。だれがそれを知っているのか――。

予言暦はどこに保管されているのか――。

「だれも知らないらしいのよ。だけど、死んだ勘助祖父ちゃんが、予言暦を見ていたのは確かなの」

勘助翁は予言暦を見て自分の死期を知っていたからこそ、息子に次の村政を託すべく、前もってお膳立てをすることが出来た。いや、そもそも、息子の育雄が次期村長になることまで、予言暦には記されていた……らしい。

「本当なのかな」と、静花。

「本当だと思う」と、奈央。

そんなことでもなければ、存在感がうすくて、引っ込み思案で、生涯何の要職にもつかずに竜胆市役所ヒラ職員としての職責を全うするはずだった湯木育雄が、強敵・十文字丈太郎との接戦を制して、こよみ村の村長になど当選できるはずがないのだ。

「娘のわたしには、それがよく判るのよ」

「うーん」

静花は難しい顔をしてドーナツを食べた。はみだしたクリームが頰に付き、やはり難しい顔をしてティッシュでぬぐう。

「マヤ・マッケンジー事件のとき、村の人たちが総出で泥棒狩りをしたそうだからね。普段は口に出さなくても、予言暦のことは村の皆が知っているはずなの」

「こよみ講ってのがあるんだから——予言暦というシステムは、一部を知る者（一般の村民）と、すべてを知る者（こよみ講のメンバー）とで構成される。すべてを知る者、つまりこよみ講のメンバーがだれなのかは、わたしたちみたいな外野はもちろん、一部だけを知る村のほとんどの人にも判らない。——そんな仕組みなのよね、たぶん」

「本格的になってきたぞ。ねえ、静花、なんだか、ちょっとワクワクしない？」

「奈央は能天気だなあ」

静花は脅かすように、さらに声をひそめる。

「予言暦のことは、わたしやお兄ちゃんにも、図書館で大ざっぱなところは調べられたんだけどさ。昔から、そういう情報を外に持ち出した人間——たとえば行商人とか、村出身の人たちとかが、しゃべり過ぎた結果、不自然な急死を遂げたなんて話もあったりするのよ」

「怖いよ、それ」

「でも、盗み出された予言暦って、白紙だったんでしょ」

「予言暦は、信用できる人に託してある。安心しなさい」

この屋敷の金庫にあったという祖父のメッセージを、奈央はおごそかな調子で云った。

「村の皆は、勘助祖父さんの遺言をありがたがって聞いたそうだけど、わたしに云わせりゃ、もったいぶっちゃって——って思うんだけどな」

「そりゃ、奈央も反抗期のお年頃だからね」

「反抗期？　そうかなあ」

奈央は二つ目のドーナツに手を伸ばす。

「わたしの反抗期なんか、お母さんに比べたら可愛いもんよ」

奈央の母・多喜子は、育雄の立候補には最初から断固反対していた。万に一つでも当選したとして、こよみ村には単身赴任せよと云っていたのである。それがちょっとした事情から奈央も父についてこよみ村に移ると云い出したので、多喜子としては、完全に頭にきたらしい。単身赴任ならぬ単身主婦宣言をして、竜胆市の家に残ることを決めたのだ。

「でもね、今のところ、それがベストなのかも知れない。だって、せっかく買った家を放り出して、全員でこっちの家に移るのも、また別な意味で決断が要ることだし」

竜胆市の家は五年前に購入した建売住宅だ。親子三人がイヤでも肩を寄せざるを得ない狭っ苦しいマイホームだが、両親にとっては自力で手に入れた念願の我が家なのである。

一方、棚から牡丹餅《ぼたもち》式で相続してしまったこよみ村のこのお屋敷は、湯木家のだれにとっても『勘助翁の屋敷』以外の何ものでもない。竜胆市のチビッこいマイホームを処分して、家族全員でこちらに引っ越して来るとなれば、一番にダメージを受けるのは育雄自身なのだ。

奈央がそんなことを話している折しも、階下では大叔母たちによる多喜子の欠席裁判が始まっていた。

——多喜子さんは、扶養家族のクセして生意気なのよ。

——だいたい、汲み取り式トイレでは用が足せないなんて、情けない。

——それどころか生活費を五十万円もよこせだなどと非常識な。

実際には、多喜子は先月から竜胆市の骨董店で働き始めていた。

質屋の一人娘だけあって、道具類を見る目は根っから肥えている。店主を圧倒するほどの活躍を見せ、五十万どころか、桁の違う値の骨董を右へ左へと動かし、おおいに稼いでいるらしい。

——五十万円というのは、妻の冗談だったんですよ、叔母さん。妻は今ではかなりの高給取りです。もともと、そういう実力のある人なんです。

——それはそれで、生意気じゃありませんか。

——あんな人とは離婚して、こよみ村で再婚したらいいんです。他のどこと比べたって、こよみ村ほど良い土地は、なかなかあるものじゃありませんからね。

しかし三人ともが村外に住んでいる大叔母たちは、口ぐちにその弁解を並べ始める。

しわがれた輪唱のような声が、屋敷中に響いた。

「一日中これを聞いていたら、おばあちゃんたちの伝記が書けちゃうね」

思わず聞き入っていた静花は、気を取り直したように咳払いをして笑顔を作る。

「ところで、奈央。こっちで友だちできた？」

「うーん。村長の子だってことで、皆、仲良くしてくれる。例外も居るけど」

そう云ったところで、玄関の呼び鈴が鳴った。

勘助翁の趣味だったのか、湯木邸の呼び鈴は電気仕掛けではなく、玄関の引き戸に真《しん》鍮《ちゅう》のベルが取り付けてあった。あまり大きな音はしないものの、普段ならば裏庭に居ても聞こえる。

けれど、今日ばかりは大叔母たちの声が高くて、あらゆる音がかき消されてしまうらしい。階下のだれも、玄関に向かう気配がなかった。

「ひょっとして、松浦さんかも知れないね！」

静花の黒目がちの瞳が左右にきゅっきゅっと動いて、口の端がにんまりと上がる。

静花が階段を駆け下りるので、奈央も引きずられるように後を追った。

＊

玄関の引き戸の向こうに居たのは、溝江麒麟だった。

麒麟は、この村に惚れ込んで住み着いたタレント・溝江アンナの一人息子である。

思春期と反抗期のまっただ中に居る麒麟は、母親お得意のスローライフに付き合わされることに辟易していた。なおかつ、転校してきた女子の家に、母親の手料理をおすそ分けに行くなんて、男として格好悪すぎると思っていた。

だから今日の麒麟は機嫌が悪く、ふてくされている。そんなときはえてして、気持ちに隙があるものだ。

玄関を開けた麒麟は、まず最初に、頬を打つような激しい老女の声に驚いた。

――育雄ちゃんが何と云おうと、わたしたちは多喜子さんを湯木家の嫁と認める気はありませんよ！

――ええ、そう。ありませんよ！

(ここん家《ち》、ばあさんがいたっけ？　しかも、声が重なっている？　ばあさんの、やまびこ？)

面食らっているうちに、廊下を走る足音が続いたと思ったら、奈央と静花が小鳥のように、ぱたぱたと階段を降りてくる。

(え？　知らない女子も居るし。おれ、タケノコの煮物なんか持って、なんだか格好悪い)

麒麟は逃げ出したい気持ちに駆られたが、最初の油断がわざわいして、金縛り状態におちいってしまう。

「あれ？」

階段を降りて来た知らない女子は、麒麟を見て「予想が外れた」というような表情をした。――訪問者を松浦だと思い込んだ静花としては、「期待外れ」の表情なのだが、彼女の笑顔のまばたきは、決して感じの悪いものではなかった。

次の瞬間、麒麟は自分でも理由が判らないままに、顔が赤くなる。

奈央が麒麟の顔を見つめ、何かを了解したみたいにニンマリした。

（おや、おや、おや！　人が恋に落ちる瞬間を、目撃してしまいました）

（違う、違うぞ、違うんだってば）

麒麟は声に出せない言葉を胸の中で叫んで、手にしたガラスのボウルを無言で差し出す。

そのときに、育雄を取り囲んであぶらをしぼっていた奈央の大叔母たちも、ぬっ、ぬっ、ぬっ、と顔を出した。

しんがりから現れたのは、少しやつれた顔をした育雄だ。

「あの……。母が村長さんに召し上がってくださいと……」

ボウルに盛られたタケノコの土佐煮から、美味しそうな湯気がほんのりと立ちのぼった。麒麟はロボットみたいなカクカクした動作で、奈央、静花、育雄、三人の大叔母へと、手にしたボウルを向ける。

それがお茶目と映ったのか、照れた様子が好ましかったのか、怒れる大叔母たちは、たちまち相好《そうごう》を崩した。

「あなたが、あの溝江アンナさんの息子さん？　あら、まあ、ハンサムさんねえ」

三人の中で一番年かさの大叔母繁子《しげこ》が、最初に口を開いた。

それを皮切りに、大叔母たちはわれ勝ちに溝江アンナをほめ始めた。

「アンナさんは昔から、歌も演技も達者で、うちは家族中でファンでしたよ」

「こよみ村の良さが判ってくれるんだから、人間として本物ね。美しくて、才能にあふれて、おまけに地に足が着いた生き方をなさってる」

「土佐煮、お母さまがこしらえたの？　素晴らしいわね。アンナさんと多喜子さんとでは、まさしく月とスッポンだわ」

「アンナさんて、確か、今はおひとりなのよね。育雄ちゃん、あんた、思い切ってアタックしなさいよ」

大叔母のひじ打ちが運悪くみぞおちに入り、育雄はせき込んだ。

「叔母さんたち、いい加減にしてくださいよ。アタックって……もう、なんですか」

「あの……あの」

ようやく金縛りが解けた麒麟は、土佐煮の入ったボウルを、グイッと奈央に突きつける。

奈央の取りつくろうような笑顔と、麒麟の怒ったような困り顔が交差した。

チラ、チラと二回、麒麟の視線が吸い付けられるように、静花の方を向く。

「ええと。ありがと」

奈央がお礼を云うより早く、麒麟はきびすを返すと、全力疾走で来た道を戻って行った。

玄関に居た一同は、その素早さに呆気《あっけ》にとられていたが、最初にわれに返ったのは奈央だった。

「あーらら」

真鍮のベルが取り付けられた引き戸から身を乗り出し、みるみる遠ざかる麒麟の後ろ姿を見やる。

「あの子、ぜんそく持ちなのに、あんなに走って大丈夫かなあ。途中で死んでたら、お父さんのせいかも」

「何てことを云うんだ、奈央」

「いや、静花のせいだね」

そう云って振り返ると、意味を察したらしい静花が、照れ隠しなのか怒った顔をした。それでも「じゃあ、追いかける？」なんて云い出すあたりは、自分に向けられた麒麟の視線がまんざらでもなかったのかも知れない。

「行こう、行こう」

奈央は、野次馬根性を隠しもせずにうなずいた。手渡されたタケノコの土佐煮を育雄に押し付けると、さっさと運動靴をはく。

すぐに玄関のたたきに降り立った静花も、つぶした運動靴のかかとを人差し指で直した。

「ほら、育雄ちゃん。いつまでも、ぼーっとしていないの」

「奈央、アンナさんの息子さんに失礼のないようにね」

タケノコの土佐煮は、育雄から大叔母たちの手に渡り、三人の老女たちは溝江アンナの『初恋ドキン！』を歌いながら台所へと向かった。

——小指を結ぶ赤い糸、心を結ぶ赤い糸、ヤンヤンヤーン、レッドヤーン。

＊

奈央と静花の二人は、少女らしい細長い脚で、舗装されていない一本道を駆けだした。

「麒麟くん、どっち行った？」

「川の方だと思うけど」

「芸能人の家族って、初めて見たよ。お母さんにそっくりだね。なんか、クローンみたい」

「それ、本人に云うと怒るかも」

走りながら話していると、前の中学校での体育の持久走を思い出した。息が切れるのに、ゴールするまで静花とぺちゃくちゃおしゃべりしていたものだ。

——おまえら、走るときくらい、しゃべるのをやめられないか？

体育の先生に呆れられたっけ。

奈央くらいの年ごろは、何をしても楽しいのだと云ってたのは、先生だったか、それとも母だったか。

（大人になると、いつもしかめっ面でいなくちゃならなくなるのかな。それが人生の重みってやつ？）

それもまた、しぶくて格好良いかも。奈央は能天気に、そんなことを考えている。

「田舎の風景、いいねえ」

「でしょう？　どこを見ても、絵になるよね」

駆ける少女たちの前に、前庭を広くとった住宅と、自家用の畑がある風景が続く。

こよみ村の家庭では、家で食べる野菜は庭先で作っているが、出荷用の大きな田畑は別にある。めいめい庭先に植えた野菜畑や果樹には花が咲き始め、辺りは花のかおりと堆肥のにおいが混じっていた。

「あー、完璧、見失った」

三叉路まで来て、奈央が立ち止まる。

かたわらでは、静花が両ひざに手をついて「疲れたよ。あのお店、何？」と云った。

見やる方向には、田舎のコンビニエンスストアとでもいうべき、よろず屋がある。古色蒼然とした小さな店構えながら、ここに来れば食品全般、日用品、下着、普段着、荒物など、生活に必要なものはおおよそそろっていた。お菓子を置いた一角などは、駄菓《だが》子屋《しや》のようだと云うと、静花は「行ってみたい」と目を輝かせる。

「ごめんください」

店先で呼ばわると、背を丸めた店主がのっそりと出て来た。無精ひげをはやし、中年太りの太鼓腹、くたびれたシャツに作業ズボンという風采は、まるで絵にかいたようなむさくるしさだった。

「………」

店主は、奈央たちに血走ったような凝視をくれてから、あからさまな落胆を顔ににじませる。だれかを待っていたのに、場違いな訪問者を迎えたというような様子だ。松浦と思っていた訪問者が麒麟だと知った静花にもまして、この男の落胆顔は遠慮がない。

（わたしたちでスミマセンでしたね）

奈央たちは居心地が悪くなって、いそいでアイスキャンデーを選んだ。

「あーどーも」

店主はこれ以上はないというくらい不愛想に云って、奈央たちが店を出るより早く、居間に引っ込んでしまう。

（なんなの？）

（うーん）

目で会話を交わす二人は、歩きながらアイスキャンデーをなめた。

「あんな不愛想で、お店なんかやっていけるのかな」

声がとどかない辺りまで来ると、静花はさっそく文句を云った。

「あのおじさん、だれかを待ってたわけ？」

「えーとね。たぶん、奥さんを待ってたんだと思う」

アイスキャンデーの袋をポケットに押し込んで、奈央は複雑な顔で云った。

「あの人、奥さんに逃げられたんだって。ずっと待っているのに、もどって来ないみたい」

「逃げたって？」

「逃げたというか、失踪したというか」

しかし、よろず屋はそのことを警察に届けていないらしい。こよみ村から出ることもなく、だれに相談することもせずにいる。だからと云って、無関心なのではない。夜になって店を閉めた後、よろず屋は毎日欠かさずに村中を探し回っていることを、奈央はクラスメイトたちのウワサで聞き知っていた。

「つまり、奥さんは村の中に居るって信じているわけ？」

「たぶんね」

だれにも相談しなくても、小さな村の中のことだ。よろず屋の妻が居なくなったことは、村中の評判になってしまった。消防団や青年団や婦人会、村中の団体が探すのを手伝おうとしても、よろず屋は断固としてそれを拒み続けているのだとか。

「奈央ん家も、そうならなきゃいいけどね」

「いやなこと云うなあ。——あ、麒麟が居た」

立ち枯れた葦が揺れる人込川《ひとごめがわ》の土手の道に、溝江麒麟が体育座りをして川面を眺めていた。

2

奈央たちが近づいて行くと、麒麟はまたしても虚をつかれたように頰を赤くしたが、さっきみたいに金縛りにまではならなかった。奈央を見てちょっとふてくされた顔になり、静花を見てもじもじする。

二人は、そんな麒麟のそばに腰を下ろした。麒麟、奈央、静花が、串団子のように土手の道に並んだ格好になる。

「この川って、河童《かっぱ》とか居そうだよね」

奈央が云うと、麒麟は「ばーか、居るわけねえじゃん」と一蹴する。

「でも、何だかこの辺って雰囲気満点」

静花が云うと、今度はキリリと顔つきを整え、分別らしくうなずいた。

「うん。この川……人込川って云う名前は、なかなか不気味だなって思う。人を込めた──つまり人柱伝説が元になっているんじゃないかな」

「ええ、いやだなあ」

静花が笑いながら拒否反応を示したので、麒麟はあわててかぶりを振った。

「いや、これはおれの勝手な想像。こよみ村って、よその地域と違って、そういう伝説をきちんとまとめた文献がないんだよね。──おれはいつか、そんな仕事が出来たらって思ってる」

「へえ、すごいんだ」

奈央と静花がそろって声を上げると、照れた麒麟は運動靴のつま先で地面をむやみに蹴った。

「すごかないよ。面白いからやってみたいだけ。──たとえばさ、さすがに川に河童は居ないけど、川の向こうの岸に、山の人なら居るよ。村の人間の前には、滅多に姿を見せないけどね」

「何よ、その山の人って」と、奈央。

「そんなのも知んねーのかよ」

いつもの調子に戻った麒麟は、奈央から「あんたも判りやすい人ねえ」と云われて、後頭部をたたかれる。

「山の人ってのはさ――」と、あらためて静花に向き直った。

「こよみ村の地形は、すり鉢の底のような格好になっていて、周囲を山に囲まれているだろ。村をぐるりと囲む山の中には、昔から妖精のようなものたちが棲むと云い伝えられていたんだ」

「妖精？」

奈央と静花が同時に訊いた。

「ネッシーみたいなもんさ。ネッシーの正体がプレシオサウルスなら、山の人の正体はホモサピエンス。しかも、日本人。おそらくはこよみ村の出身者だと思う」

「どういうこと？」

「柳田國男《やなぎたくにお》の『遠野物語』や『遠野物語拾遺』を読んだことある？」

「ないけど」

今度も二人そろってかぶりを振る。

麒麟は目の端にガッカリしたような色を浮かべた。

「『遠野物語』とかには、山の人のことがちゃんと書かれてあるんだ。山に住んでいる妖怪みたいなものに、奥さんをさらわれた話。

さらわれた女の人は山仕事をする村人に発見されて、里の家族のことを恋しがったりするのに、結局は山に残っちゃうんだよね。山男と夫婦になったからって云うんだけど、仕方なしなのか、山男……つまり新しい旦那さんのことが好きになったのか、そこのところが判らない」

「でも、それは『遠野物語』とかだけの話でしょ？　こよみ村には、まさかそんなことはないでしょ？」

「それは、どうかな？　たとえば姥捨《うばす》て山の話なんて、全国のいろんな土地にあるじゃないか。『遠野物語』にも蓮台野《れんだいの》という場所があって、六十歳になった人はそこに追いやられてしまうって書いてある」

「どうして？」

「だから、姥捨てだよ。六十歳で定年ってのは今と同じだけど、昔の村では労働力とみなされなくなると、ある一定の場所に捨てられちゃうんだ」

「うわ、シビア」

　奈央たちは身震いの真似をして、顔を見合わせる。

「六十歳でも体力には個人差があるから、蓮台野に捨てられたじいさんが、動けるうちは野良仕事の手伝いに来たりする。でも、元の家には帰れないんだ」

「そんな……」

「あとさ、六十歳の定年ではなく何か別の理由で、まだ若いうちに村から追い出された人が居たかも知れない。そんな人たちは、追い出されたくせに村から離れて暮らす勇気がないんだ。だから、山に隠れて動物と人間の中間みたいな生き方をすることになる」

「そこまでされて、どうして村から離れられないの？」

静花が訊いた。奈央にも同じ疑問がわいている。

「そういうタイプの人間って居るんだよ。決して好きで居るんじゃないのに、よその土地へ出て行けない人。テレビの紀行番組とかでは、美談として紹介されてたりするじゃん」

「村から追い出された人が？」と、奈央。

「じゃなくて、生まれた土地から離れられない人のことが」

麒麟はいらいらしたように、もう一度、運動靴の底で土を蹴った。

「村を追い出されて、山で暮らすようになった人が居たとして——。彼らが生き延びて、子孫を残した可能性だってある。そんな人たちは、おれらと同じ地面の上に暮らしていながら、おれらの社会とはまるで別の社会——いや、社会という集団は作らないで、それこそ一匹狼みたいに生きているのかも。繁殖のためだけに男女が集まるか、相手が居なければ『遠野物語』みたいに里に下りて、さらって行くとかさ。おれは人間って基本的に野生動物だと思っているんだけど、山の人は正真正銘の野生の人間だよ。だから、動物みたいにシンプルに生きてる」

ここまで云って、麒麟は聞き手の心理を読むように、二人の目を覗き込む。

「ここの山にも、そんな人が居るんじゃないかな」

「麒麟くんって、ユニークなことを考えるんだ」

静花の口から出たのは、やんわりとした否定の言葉だった。

麒麟の顔が赤くなったのは、感想をもらってうれしかったのではなく、その逆だろう。

気まずい空気に気付いた奈央が、フォローする言葉を探しているうちに、胸の中にぽかりと一つの光景が浮かび上がった。

「わたし、山の人を見たかも」

考えるより先に、言葉が口からこぼれ出た。

初めてこよみ村を訪れた日のことだ。奈央は、帰りの電車を待つ無人駅のホームで、不思議な人影を見たのを思い出していた。

それは、ほんのつかの間でしかなかった。

しかし確かに、線路の向こう、うしろが山になっている白樺林に、髪の長い女の人が居たのだ。

（単なる目の錯覚だったとしたら、こんなに覚えているはずないもの）

髪の長さ、やせ細った体格、思いつめたような表情まで、奈央は胸の中に描き出せるような気がした。

「お父さんが当選する前のことなんだけど、駅から南岳の方を見たら、女の人が居たのよ。白樺の林の中から、こっちを見てたの」

「あはは、まっさかー」

静花が、あっけらかんと笑う。

麒麟は自分から持ち出した話題に興味をなくしたように、話の矛先を変えた。

「ところで、今日、うちのママ――母親が講演をするんだけど、よかったらサクラで来てよ」

「何？　やっぱり今みたいな妖精系の話？」

麒麟が立ち上がって歩き出すので、奈央たちは慌てて追いかける。

振り返った麒麟の顔には、悪ぶった笑いが浮かんでいた。

「いいや。ロハスとか、スローライフとかいう話」

＊

互いの学校の話をしながら遠回りした三人は、村八分の松浦の家に立ち寄った。

こよみ村の村八分は、普通に云う村八分とはまるで違う。たとえば、村長や郵便局長、診療所の医師のように、村民に頼られる存在だ。村の名士とさえ云っても良い。

でも、村八分には、村長や郵便局長や医者みたいに、はっきりとした役割があるのではない。農作業や会社勤めもせず、新聞配達や村民のちょっとした困りごとの手伝いなどをするのが、村八分の仕事である。ちかごろでは、パソコンのつなぎ方とか、インターネットやスマートフォンの使い方の相談なんていう、昔はなかった仕事が増えてきたそうだ。

「こんにちは」

玄関代わりの、土間の戸を開けた。

先月、育雄の選挙事務所に使った場所だ。

今ではがらんどうになっているこの空間の奥に、板でこしらえた靴脱ぎがあって、その奥が松浦の住まいになっている。村のどこにもまして、古びたたたずまいだった。なにしろ、松浦家ではこよみ村に住み着いた曽祖父から四代続いて、この役割を担っているのだ。

（ヒイお祖父ちゃんの代から、ここで村八分をしているのか）

村八分の松浦は、村で起きたこと――たとえば、どこの家の猫が仔猫を産んだとか、どこの家のDVDレコーダーが壊れたということまで知っているので、何かことが起これば村民は必ず彼を頼る。

「やあ、何かあった？」

奈央たちを出迎えた松浦は、村おこしのイベントで作ったTシャツ（白地に、日めくりカレンダーがデザインされている）に、緑の帆布のエプロンを着けていた。整った顔立ちとやわらかい物腰のおかげで、テレビの料理番組に出てくるタレントみたいに見える。

「いえ、別に用事はないんですけど」

最初に口を開いた静花を見て、松浦は「きみは、小川《おがわ》静花さんだね」と云った。

「え？　どうしてわたしの名前を知ってるんですか？」

「前に、湯木さんの家で会いましたからね。それから、麒麟くんに、奈央さん」

松浦は上機嫌で云うと、三人に向かって手招きした。

「ちょうどよかった。村の特産品を開発中なんだけど、試食してみてくれないかな。第三者の感想を聞いてみなくちゃと思っていたところなんだ」

そう云って出されたのは、淡い緑色のムースだった。レトロな型押しガラス皿の上にちんまりと盛られたデザートはいかにも美味しそうで、二人の女子のみならず、麒麟までも「わあ」と無邪気な歓声を上げる。

けれど、スプーンを口に運んだとたん、三人ともが「む？」と云って黙った。

松浦の自信作は、口の中で膨れた歯磨きの泡のような味と食感なのである。

「これ、何ですか？」

「ミントのムースなんだけど」

褒め言葉を期待している松浦を落胆させるのも忍びなく、奈央は「おい……しい？」と云って、あいまいに笑った。

「微妙……かな？」

麒麟が正直に云うと、静花が慌てて首を横に振る。

「美味しいですよ。わたしの好みです」

あんたの好みは松浦さん本人でしょう——と目で訴える奈央を、やはり目で黙らせて、静花は自分の分をぺろりと平らげてしまった。

そんな三人の表情から本音の部分を正確に読み取った松浦は、少しだけ肩を落とす。

「こよみ村は鎖国しているみたいだ——なんて、村の外の人たちに云われているでしょう。そこでこよみ村青年団としてはね、村の特産品でオリジナル商品を開発して、若い旅行者にアピールしようということになったんだ」

ネット通販を企画中で、今はウェブサイトを作るのに四苦八苦しているという。

机のわきに置かれた本棚には、地方選挙の手引きから、法律の本、パソコンソフトの箱、降り積もるように重なった文庫本などが、それなりの規則性をもって納められていた。

「難しそうなものばっかり。松浦さん、これ、全部読んだの？」

「必要なところだけ、ぽつりぽつりとね」

窓を開けると、裏庭の緑のかおりが風に運ばれてくる。

松浦家は建坪の何倍もの広さの庭があり、一面に薬草やハーブなどが、小さな花を咲かせていた。おなかを満たす農作物よりも、香りや薬効のための植物を育てているあたりが、村八分という不思議なポジションに居る松浦らしいと、奈央は思った。

「ああ、うちの庭とそっくり」

だしぬけに声を上げたのは、麒麟だった。

「そうか、うちのママ――いや、母親のハーブの先生は松浦さんだもんな。うちのハーブレシピの黒幕は、松浦さんだったんだ。ハーブシチュー、ハーブ焼肉、ハーブ入りのパン、ハーブ入りの煮豆、ハーブ大福……どれも、ハーブを入れる前は普通に美味しいのに」

麒麟は恨みがましい目で松浦を見上げる。

松浦は麒麟の頭をくしゃくしゃと撫でてから「ハーブ大福、いいね」と目を輝かせた。

＊

溝江アンナの講演会は、村営温泉施設『湯ごよみ館』の大宴会場で開かれていた。

演題は『スローライフは幸福への超特急』。

カラオケで使うマイクを通して、「ワーン、ワーン」と厚いエコーのかかったアンナの声が響き渡る。

聴衆は竜胆市から来たツクヨミ会という団体客と、村の高齢者たち、奈央の三人の大叔母(大叔母たちの電撃訪問は、この講演会が目当てだったらしい)、奈央と静花と麒麟に加えて、新聞記者の岡崎修子《おかざきしゅうこ》という女性が居た。

ツクヨミ会は、三十代から五十代の主婦の集まりだ。アンナのファンクラブというわけではなさそうだが、めいめいがアンナの著書を持って、さも感心した面持ちで話に聞き入っている。

三人の大叔母は、負けじと重たいハードカバーを何冊もひざに載せて、身を乗り出すような熱心さで講話に耳を傾けていた。

岡崎記者は、それとも雰囲気が少し違っていて、ウェーブのかかった髪をうなじでキュッと一本に結び、大変な速さでアンナの言葉をノートにメモしていた。

会場の出入り口には、こよみ村総務課長の平野が居る。

この講演会は、こよみ村主催のイベントらしい。平野は、さっき松浦が着ていたのと同じ、こよみ村の村おこしTシャツに、おそろいのロゴが背中に入ったジャンパーを重ねていた。

一番後ろの席に並んだ奈央たちは、最初のうちこそ、顔見知りのアンナの講演だということで興奮気味だったものの、だんだんと退屈してくる。『ほっこり、手作りのぬくもり』とか『ゆっくり、ていねいな暮らし』というようなおだやかな言葉が続いた。まだ中学生の三人には、それが良いことなのかどうかもピンとこなかった。

「農業家でエッセイスト……」

パンフレットに書かれた母親のプロフィールを見て、麒麟が皮肉な声色でつぶやいた。

「農家じゃなくて、農業家って何なんだよ。元アイドルって云った方が判りやすいだろ」

アンナが絶賛する田舎暮らしのゆとりや優しさは、ついさっき麒麟が云っていた昔の農村のシビアな現実とは、ずいぶんと異質だった。

こよみ村に生まれて、良くも悪くも土地と運命共同体のように生きている村民に比べれば、アンナの活動はどこやら軽薄に見えた。麒麟は身内だからこそ、そのことがいたたまれないらしい。

講演が終わると、ツクヨミ会の人たちはアンナの著書を持って演台へと集まった。奈央の三人の大叔母たちも然り、である。

その一人一人にきれいな笑顔を向けながら、アンナは本にサインをしている。

この後で、村の古老に講師を頼んで山菜採りが予定されているらしい。採った山菜と、こよみ村産の有機食材、そしてアンナ自慢のハーブを使った『料理教室』が開かれることになっていた。

「最後のハーブがなければ、どれもきっと美味いんだよ」

「わたしはハーブって好きだけどなあ」

麒麟の発言に、静花は優しい口調で反論した。

「年がら年中、摩訶不思議なにおいのするメシを食わされていると、普通の食べ物が食べたくなるもんだって」

「麒麟くんはひょっとして、ハーブにやきもちを焼いているのかもよ」

「それって、どういう意味？」

「お母さんがあんまりハーブ好きなんで、息子とハーブのどっちが大事なんだぁって」

「そんな馬鹿な」

麒麟と静花は、親しそうに話しながら大広間を出てゆく。

気を利かせた奈央は、二人から離れて窓辺に寄った。

（あ……きれいだ）

南岳と呼ばれる背の低い山脈に、里より遅れた山桜の花が色づいていた。

麒麟の云う山の人が実在するとしたら、ひょっとしたら同じ桜を間近で見ているかも知れない。――人込川のネーミングは、本当に人柱に起因しているのだろうか。――『遠野物語』に書かれているみたいな姥捨てが、昔はこよみ村でも行われていたんだろうか。

そんなことを思えば、単純に諸手を上げて「優しい景色」とも云えないのだろうけど、山桜のけぶる南岳は、やっぱりのどかで美しい。

（ん？）

ガラス越しの風景に思索を重ねていた奈央が、背後に来た人の気配に気付いたのは、足音ではなく、ガラスに映った人影が見えたためだった。遠景からふと目の焦点を戻すと、ぷっくりと太った短軀の男が後ろに立っていた。

「十文字先生！」

先月の村長選挙で、父の育雄と票を争った相手である。

十文字は、他の市町村との合併論者で、竜胆南バイパス道路の建設を始めとして、村の急進的な開発を進めようとする、こよみ村の大立者だ。

村長選挙の得票率が、そのまま、今のこよみ村の民意と権力の構図になっている。

つまり、開発促進派と環境保護派が拮抗し、前村長からの流れがあるおかげで、環境派がわずかにリードしているということだ。

環境保護派とは、すなわちそのまま、予言暦派。

こよみ村で起こることは、予言暦で予言されている。だから、他の土地の者とはなるべく交わらずに予言暦を守るべし、という秘密結社みたいな勢力だ。

（何とも妙ちきりんなことに――）

と、奈央も思うのだが、何とも妙ちきりんなことに、予言暦派の旗頭《はたがしら》が父の育雄なのである。そもそも湯木家は代々、予言暦の擁護者だった。祖父の勘助の時代には、十文字丈太郎の台頭など許さないほど、強い勢力を保ってもいた。

そんな勘助翁の遺志を受け継いだ育雄は、先月、やっとのことで村長選挙を勝ち抜いた。湯木育雄という人物を知る者にしてみれば、奇跡のような健闘ぶりだが、前村長の支援者には、苦戦自体が嘆かわしいことだった。前村長の時代は、予言暦派は常に安定してこよみ村に君臨してきたのだから。

「十文字先生もハーブ料理を習いに来たんですか？」

親しそうに云ってみたけど、本当に訊きたいのは別だった。

十文字先生は、いつでもそうして足音を殺して人に近付くんですか？

無人駅のホームで電車を待っていたときも、十文字丈太郎は今と同じように、不意に背後に立っていたのだった。

十文字は、奈央の社交辞令の問いにも内心の問いにも答えず、「オホン」と咳払いをした。

「奈央くん、ひとつ大事なことを教えてやろう。ここは田舎だから、時間の進み方がおそい。時として時代は逆行し、魑魅魍魎《ちみもうりょう》が跳梁跋扈《ちょうりょうばっこ》する場面に出くわすかも知れない」

「あのー。中学二年生にも判る言葉でお願いします」

父の政敵であることだし、奈央は少しばかり冷たい声で切り返してみた。

「つまりだね、妖怪に化かされそうになったときに、有効な呪文を教えようというんだ。――だるまさんがころんだ。だるまさんがころんだ。――繰り返し、心でそう唱えなさい」

「十文字先生、わたしのこと、馬鹿にしてます?」

十文字は、奈央の憤慨を無視した。

「だるまさんがころんだ――どんな遊びかは知っているかね?」

「はい、ええと――。鬼が居て、皆は離れた場所に散らばって――」

鬼は目をつぶって「だるまさんがころんだ」と大声で唱える。

その声がしている間だけ、皆は鬼へと近付くことが出来る。

鬼は「だるまさんがころんだ」と云った直後に振り向く。

鬼が振り向いたときに、動いているのを見つかれば、次の鬼にされてしまう。

次の鬼を見つけられないまま、近付いて来た者にタッチされたら鬼の負け。また鬼を続けなければならない。

「実際の危機にあたって、逃げるか隠れるかは奈央くんの裁量次第だろう。しかし、これだけは覚えておきなさい。妖怪としか説明出来ない敵に出くわしたときに、この呪文はなかなか有効なのだ。そのときは、意識を集中して念じなさい」

「だるまさんがころんだ――ですか」

「そのとおり」

十文字は政治家らしい不透明な笑い方をして、「忘れるんじゃないよ」と念を押した。

3

三人の大叔母たちは、一番年かさの繁子が運転するクルマで、そろって竜胆市に帰って行った。

こよみ村に滞在した数時間は、大叔母たちにとって独壇場であった。

有名人――溝江アンナとお近付きになるのは大叔母たちの望むところであり、頼りない甥ではあるにせよ、育雄がこよみ村の村長に当選したことを、だれかれとなく自慢したくもある。

そんなわけで、大叔母たちは、父・育雄の幼少時はどんなに泣き虫だったか、青年時代はどんなに引っ込み思案だったか、家庭を持ってからはどれほど妻の尻に敷かれてきたかを、自分たちが講演会の講師になったかのように、アンナを相手に、ツクヨミ会の人たちにも、役場の総務課長にまでペチャクチャと話してきかせた。

「それも愛情表現なんだよ」

夕食の卓を前に、父の育雄は寛容に云った。

当の大叔母たちが帰ってしまったので、気持ちが大きくなっている。

奈央と静花は、大叔母たちがアンナのハーブ料理教室でこしらえた「サバの味噌煮ハーブ風」と「ハーブ入り水炊き」と「ハーブ茶わん蒸し」「ハーブと鶏の炊き込みごはん」に箸を伸ばしていた。

一口ごとに香《かぐわ》しい料理を食べていると、麒麟のこぼす愚痴も理解できるような気がしてくる。静花が皿の端にローズマリーの小枝を寄せるのを見て、奈央は自分もサバの味噌煮からフェンネルの葉を外して「へへ……」と笑った。

「それにしても、大叔母さんたち、帰りが素早かったよね。お日さまが傾いてきたら、速攻でクルマに乗り込んで、大慌てで帰ったって感じ」

「あの人たちは、こよみ村には夜になると妖怪が出ると思っているんだ」

「妖怪？」

「まさか」

奈央と静花は唖然と箸をとめる。

娘とその友人に与えた言葉のインパクトに満足して、育雄は上機嫌でビールを注ぎ足した。

「冗談なんかじゃないんだぞ。親戚連中が村の外に住んでいるのは、この村に妖怪みたいなものが出ると信じているせいなんだ。少なくとも、叔母さんたちは高齢だからね。かなり本気でそう思っている」

だから、この家に出入り自由だと宣言されても、育雄はさほど困らなかったのだという。

「そう云えば柱時計が鳴ったとき、大叔母さんたち、三人そろって顔色を変えたわよ。それでばたばた帰り支度を始めたから、何だか間違った『シンデレラ』を見ているみたいだった」

奈央がそう云ったタイミングで、柱時計が鳴り始めた。

「ワーン、ワーン」というリズムが、時計にしては緩慢で、いつまで経っても鳴りやまない。

「あれ？　時計、壊れたの？」

三人して食事を中断して、玄関前の四畳半に据えられた時計を見に行った。

「お父さん、時計、鳴ってないよ」

「音が外から聞こえる」

音の出どころを確かめるのに、奈央たちが玄関を出ようとしたときである。

真鍮のベルを付けた引き戸が、外から開いた。

それがひどく唐突だったため、奈央たちは立ちすくんでしまう。

そんな二人の前に、外の闇を背負って現れたのは、総務課長の平野駿一だった。闇を背負って——なんて感じてしまったのは、その顔に浮かんだ深刻な表情のせいだ。

「育ちゃん、大変なことが起きたぞ」

平野は、ほろ酔い加減の育雄の腕を、遠慮もなくつかんだ。

その勢いで玄関のたたきに落ちかけた育雄が「おっとっと」と、ふざけた声を上げるのに、平野の顔色は厳しいままである。眉間にしわを寄せ、育雄の耳に顔を近づけて何かを訴えた。

「う〜ん？」

事情が呑み込めなかったのか、酔っぱらっていたためか、育雄の顔つきは平野とは違ってのんきだ。

平野は、立ったままの両足で、器用に貧乏ゆすりをする。

「いいから、ちょっと来い」

まるで怖い上級生から呼び出しでも食らったように、育雄は平野に連れて行かれてしまった。

「お父さん？　課長さん？」

平野はクルマで来ていたらしく、追いかける奈央たちが門まで出たときには、テールランプにエンジン音がまとわりつくようにして走り去った。

春の闇にはまだ「ワーン、ワーン」という鐘の音が残っている。

「大変なことって何だろうね」

「さあ」

「ちょっと、怖くない？」

「うん。ちょっと怖い」

日が暮れる前に、スタコラと帰って行った大叔母たちの様子が頭に浮かんだ。

それでなくても、ここは予言暦などと云う奇妙な代物を大真面目に信奉する村なのだ。

昼間に麒麟から聞いた昔話を思い出して変な寒気を感じていたとき、当の麒麟の顔が庭の植え込みに浮かんで見えて、奈央は悲鳴を上げてしまった。

「馬鹿、大声を出すな」

植え込みの中から麒麟の幻は怖い声で云って、ガサリガサリと葉っぱを揺らした。何のことはない、幻ではなく本物の溝江麒麟が、庭の暗がりの中に居たのである。

「どうしたの、麒麟くん？」

奈央に負けずびっくりした顔で、静花が訊いた。

「事件発生。二人とも、危ないから家を出るなよ」

「ひょっとして、またそれかが予言暦を盗みに来たの？」

静花が口をはさんだ。

「――？」

麒麟の目つきがキュッと鋭くなる。その目が、まっすぐに奈央を見た。

村民ではない静花がどうして予言暦のことを知っているのか、おまえがしゃべったのか、と麒麟の無言の問いが刺さる。

けれど、次の瞬間、その目つきが和らいだ。大人たちのルールに、無条件で付き合うこともない。麒麟の胸にそんな気持ちが浮かんだのが、何となく判った。

「昼間、うちの母親の講演に、女の新聞記者が来てたろ。あいつ、午後に村を出たフリして、まだ村の中に居るらしいんだ。こよみ村の秘密を探ろうとしているみたい」

「こよみ村の秘密って何よ？　やっぱり予言暦のこと？　それとも山の人のこととか？」

訊いたのは奈央である。

「それは、判んない。うちの母親、おれにはあまり教えてくれないんだ」

「でも、知りたい」

奈央と静花が、口ぐちに云う。

麒麟は二人の顔を交互に見た後で、にんまりと笑った。

「じゃあ、様子を見に行こうか」

結局のところ、麒麟は最初から二人を誘うつもりで来たらしい。

三人は月明かりの降る道を、家々の生垣の影に隠れるようにして進んだ。

窓からもれる明かりが、前庭に植わった花の色を浮かび上がらせる。「ワーン、ワーン」と鳴る音は、家の中に居たときより強くなっていた。

「あれは半鐘だよ」

「半鐘って、火事のときに鳴らすものじゃないの？」

「こよみ村では、別のケースでも鳴るんだ」

麒麟は音が見えでもするように、空中に視線をめぐらせる。

「この音がするときは、外に出たらいけないんだ。だから、大人に見つかったらマズイわけ」

「どうして？」

「理由は知らないけど、とにかく守りなさいって云われている。村の条例にまで書かれているんだってさ」

「条例？　なんか判らないけど、すごいね」

静花が目を丸くしているのが、暗がりでも判る。

「ワーンって半鐘が鳴ったら、外出禁止か」

奈央は父から聞いた村長選挙のときのエピソードを思い出していた。スランプの占い師が、旅行者を装って予言暦を盗みに来た事件だ。占い師が肝心な記憶をなくしていたのをいいことに、何ひとつ解決しないままで騒動は終わったらしい。

秘密にするから探りたくなる。謎を放っておくから事件はつづく。奈央としては、方程式を解くみたいに、きっちりと解《かい》を導き出すことに一票を投じたい。

「こよみ村で生まれたやつは皆、半鐘のことを知っているよ。おれは越して来て五年目だけど、最初にその話を聞いたときは怖かったな」

三人の大叔母が夕闇から逃げるようにして帰って行ったのは、この半鐘と関係あるのだろうか。奈央が訊くと、麒麟は首を傾げた。

「半鐘は昼間でも鳴るよ——いや、おれ自身、鳴るのを聞いたのはまだ二度目なんだけど」

「へえ」

「最初に聞いたのは、つい一ヵ月前、おまえの親父さんの選挙の前だ。あの時は、明るいうちから鳴ったっけ」

「そん時は、マヤ・マッケンジーのせいだったのよね」

「ああ。占い師が予言暦を盗もうとしたせいで鳴った」

「大人に見つかるとダメだってなると、何だかこっちが追われている気分になるね」

静花が、他の二人の気持ちを云い当てる。

思わず立ち止まって辺りを見渡す三人は、三叉路から現れた懐中電灯の明かりに、身を固くした。ずんぐりとした体形の男が一人、とぼとぼと、けれどかなり早い歩調でこちらに歩いて来る。

「あ、あの人、よろず屋さんだ」

改めて周囲を見渡すと、人込川の土手の道まで来ていた。昼間、麒麟を追いかけて来たあたりだ。

「どうする？　このままだと見つかっちゃうよ」

三人の居るのは川に沿った一本道で、脇道もなければ、身を隠す場所もない。すぐ先にサカエ橋という橋がかかっているけど、そこは通行止めだと学校の友だちから聞いたことがある。

「こっち、こっち」

麒麟はサカエ橋まで駆けて行き、「通行止め」の札が下がったチェーンをまたいで進んだ。

「ヤバイんじゃないの？　大人に見つかったら叱られるよ」

声を殺して呼び戻そうとしても、麒麟はじれったそうに手招きをしてくる。

「今、外に居るってだけで、見つかったらアウトだろうが」

「そうだった」

奈央たちは土手に繁る葦の影に隠れるようにしてサカエ橋まで走り込むと、チェーンをくぐって中に入り込んだ。

「よろず屋さんって、本当に奥さんのことを探しているんだね」

昼間、奈央から聞いた話を思い出して、静花がこそこそと云った。

奈央も今こうして自分の目で見るまでは、実感のない話ではあった。失踪した奥さんのこと、その姿を求めてたった一人で夜の村を捜し歩くよろず屋の姿、どちらもうっすらと怖ろしい物語のように思えてしまう。

よろず屋は懐中電灯の明かりを揺らすこともなく、サカエ橋を通り過ぎて、南岳の方角へと歩いて行った。その足取りは、気力というものを感じさせないと同時に、歩き方にブレがない。おそらく、夜ごと、同じ道を同じようにして歩いているのだろう。

よろず屋の奥さんは、どうして居なくなってしまったのか。よろず屋はどうして、だれをもたよらず、一人で探し出そうとしているのか。そんなことを思う間も、「ワーン、ワーン」という半鐘は遠くで鳴り続けている。

（いや、そんなことより――）

奈央はわれに返り、自分たちが「通行止め」のサカエ橋を渡り切った場所に居る、という現実に思いが至った。麒麟にさそわれるままに来てしまったが、これから先、どこへ行こうというのか？

「実は、目的地はこの先なんだ」

遠い半鐘をバックに、麒麟はちょっと迫力ある声で云った。

「すぐそこだよ」

麒麟は先に立って歩き出した。

「サカエ橋が立ち入り禁止なのは、ある場所に人が入り込むのをふせぐためなんだ」

「ある場所？」

「湯木家の別荘だった建物だ。ひょっとしたら、今でもおまえン家の持ち物なのかも知れない」

「すごいじゃない、奈央」

別荘という言葉に反応して、静花が高い声を上げる。

「わたし、そんなの全然知らなかった」

「ちょっとわけ有りの建物だからね。子どもやよそ者には、教えたくないわけ」

「なに、なに？　意味深ー！」

「よそから来た人間は目立つからさ。近付こうとした時点で、昼間だったら人目に付くはずだ。明るい時間に、よそから来た人がこっそり近寄るのは難しい場所なんだよ」

「つまり、その別荘が、よそから来た人が、こっそり近寄りたい場所だってわけ」

「うん」

「麒麟くん。あんた、ひょっとして、一人じゃ怖いから、わたしらを誘いに来たんでしょ」

「悪いか」

「悪いよ」

「でも、ちょっと、ワクワクする」

奈央と静花は顔を見合わせて、笑い合った。

麒麟が云うには、昼のイベントで取材に来た新聞記者が、帰ったと見せかけて村に残り、秘密を探り出そうとしている——とのことだった。わざわざ、帰ったと見せかける。そんな手間をかけるのも、何だか大袈裟で芝居じみているけど、それが発覚したからって、村中に半鐘を響かせるこよみ村がそもそも怪しいのだ。

「平野さんがおじさんを連れて行ったのも、その件だったのね」

「だいたい、そこまでして探りたい秘密って何よ？　やっぱり予言暦？」

裸足に運動靴をはいた足首に、這うように触れる夜風が冷たかった。

こよみ村は住宅地や農耕の場所を離れると、すぐに森になってしまう。サカエ橋を越えた先も、南岳を覆う木がこぼれ落ちたように生い茂り、しかし他の森と違って下草が刈られて、まるで野趣に富んだちょっとしたナチュラルガーデンみたいな様子になっていた。

そこに一列、何かの入口を表すみたいに白樺の木が生えている。

麒麟が白樺林の向こうを指し示した。

「うっわ」

思わず声が出る。

闇に溶けて、だまし絵みたいに現れたのは、レンガ造りの洋館だった。

こよみ村の多くの建物と同じく古びているのだが、こちらの方が古さも堅牢さも際立っている。そこだけ森を拓いて建てられたために、生い茂る木々がぽっかりと抜けていた。月のあわい光が円柱の形になって、建物に降り注ぐのが神秘的である。

「麒麟くんが来たかった場所って、ここ？」

「うん」

「ここが奈央ん家の別荘なんだ。立派だけど、なんだか怖いね」

ぼそっと云った静花の一言が、他の二人の思いと一致した。

いったん怖いと思ってしまうと、決然と進んで来た足も重たくなる。

しかし、せっかく来たのに引き返すという手はない。だいたい、大人たちを出し抜いて、怪しい新聞記者を追いつめた――かも知れないのだ。

そんな気負いを励ましたのは、半円形のポーチに落ちていたＩＣレコーダーだった。

足元で月明かりを反射していたそれを、奈央があやうく踏んづけそうになって、慌てて拾い上げた。

「なに？　なに？」

「新聞記者って——こういうの、持ってるよね。なんかさ、ビンゴって感じじゃん」

「ちょっと聞いてみようか」

洋館に踏み込むまでの、気持ちの準備のつもりで、奈央は再生のボタンを押した。

内蔵の小さなスピーカーからは、すぐに「ウワン、ウワン」というううねるようなノイズが聞こえ出し、それに混じってざらついた声が流れた。

『湯木湯木湯木湯木奈央奈央』

機械に名を呼ばれた奈央は、おどろいて手から落としそうになった。

「なに、これ」

『湯木湯木湯木奈央湯木奈央——』

まるで壊れたレコードプレーヤーみたいに、声は奈央の名字と名前を繰り返す。

『湯木湯木湯木奈央——溝江麒麟麒麟麒麟溝江麒麟——小川小川静花小川静花静花静花』

その声は、男とも女ともつかなかった。

つまり、人間とは思えない機械の声だった。

そんな気味の悪い声が、三人の名を呼び当てている。

ハウリングのような金属音が、ひっきりなしに耳に刺さった。

『いいつけを守らない悪い悪い悪い子たち。悪い悪い子には罰として――』

ひときわ高いハウリングが声を消し、つかの間の沈黙のうちに、またうなるようなノイズが戻ってきた。

『――してしまおう』

そこで音声は途切れた。

「何、これ？」

三人は顔を見合わせる。

これが新聞記者の持ち物であるという思いは、いつの間にかうすれていた。

いいつけとは、半鐘が鳴ったときの外出禁止のことに違いない。

その決め事を破ったのが、だれかにバレている？

だれかとは、まさか村外から来た新聞記者ではないだろう。つまり、村の中のだれかなのだ。

そのだれかは、奈央たちがいいつけを破ったことを知り、警告を録音した機械をここに置いた？

「そうだとしたら、けっこうな早業だよ。おれたちが湯木の家を出てから三十分も経ってないんだから」

「わたしたちが、ここまで来ることを知っていて、わざわざ拾わせたってわけ？」

「……というより、ICレコーダーが意思を持ってしゃべっていたみたい」

静花がそう云いかけたとき、高い悲鳴が響き渡った。

三人は再びICレコーダーを耳に当てるが、悲鳴は機械からではなく、明らかに別の場所から聞こえていた。

洋館の中からだ。

逃げ出すとか、大人たちを呼びに行くという選択肢もあったのだろうが、そこに思いはいたらなかった。

一秒を争う。そのことを、三人とも判っていたのだ。

考える余裕もなく、奈央たちは建物の中に飛び込んだ。

閉ざされた固いドアを押したり引いたり、暗い廊下で迷ったりしながら、声のする場所を探して闇の中に押し入って行く。

「――……！」

ここだ、と思ったドアの前に立ったとき、悲鳴は火が先細って消えるみたいに途切れた。

（マズイ！）

急き立てられるようにして、三人はドアに体当たりした。

ドアは奈央たちを弾き返す。それでも、二度目にぶつかったとき、古びた蝶番《ちょうつがい》が吹き飛んで、三人は扉の中になだれ込んだ。

「だれ！」

石油ランプの赤い光に照らされる中――。

顔にすっぽりと袋をかぶった人物が、女の人の首を絞めていた。

覆面人間は、目のところに空けたのぞき穴からこちらを見て、女の人の体を放り出す。

その軽々とした動作と四角ばった体格から、覆面人間が男だということだけは判った。

そして、首を絞められていた女の人は、昼間に見た新聞記者である。

放り出された新聞記者は、そのまま床に倒れて動かなくなった。

弾みで石油ランプを置いたテーブルが揺れる。

新聞記者を助けるか、逃げるか、三人で相手にぶつかってゆくか。

短い躊躇のうちに覆面人間は石油ランプを手に、こちらに近付いて来た。

顔にかぶった袋は、呼吸と一緒に口と鼻の辺りがペコペコと動く。

細いのぞき穴の中で、眼球が光っている。

人間なのだ。

けれど、それが人間らしくするほど、なぜか不気味さはつのった。

覆面人間は黒い革手袋をした手を伸ばして、奈央の手からＩＣレコーダーを取り上げる。それをズボンの尻ポケットにねじこむと、三人の目の前でユラユラと石油ランプを

る。

揺らし始めた。

輪郭の定まらないオレンジ色の光に、脳みそをかき回されているような心地がしてく
る。

『せっかく逃がしてやろうとしたのに、こんなところまで来てしまって、馬鹿な子たち』

覆面人間は、ICレコーダーと同じ声で、そうしゃべった。男だか女だか、若いんだか老人なんだか判らない、人間なのかも判らないような声だ。

覆面人間は石油ランプを揺らすのをやめて、三人の顔をのぞきこむ。

『これから、この明かりが十回揺れると、皆さんは気持ち良くなって、まっすぐ家に帰ってしまいます。ああ、眠い。眠くて眠くて、たまらない。皆さんはぐっすり眠って、明日の朝日を浴びますと、サカエ橋からこちらで見たことは、何も思い出せなくなるのです。では揺らします——一回——二回——三回——』

脳みそをかき回される感じは、いよいよ強くなった。

奈央はからだの芯まで冷えるような恐怖を感じた。

その恐怖が、つい昼間に交わした冗談のような会話を思い出させる。

——妖怪に化かされそうになったときに、有効な呪文を教えようというんだ。——だるまさんがころんだ。だるまさんがころんだ。——繰り返し、心でそう唱えなさい。

村営温泉『湯ごよみ館』で、十文字丈太郎に云われたのだ。

――実際の危機にあたって、逃げるか隠れるかは奈央くんの裁量次第だろう。しかし、これだけは覚えておきなさい。妖怪としか説明出来ない敵に出くわしたときに、この呪文はなかなか有効なのだ。そのときは、意識を集中して念じなさい。

集中して、念じる。

（だるまさんがころんだ――だるまさんがころんだ。だるまさんがころんだ、だるまさんがころんだ、だるまさんがころんだ！）

ちょうどランプが十回揺れたとき、また別の気配が加わった。

がらんどうの建物に高い足音が響き渡り、いつの間にか目を閉じていた奈央は顔を上げる。かたわらを見れば、麒麟も静花も新来の人物に気をとられていた。

それも無理からぬことで、その人は長い黒髪を振り乱して、本当に妖怪みたいな姿をしていたのだ。ひどくやせた――ちょっと大げさに云えば、骸骨みたいにやせた女の人である。

（あのときの人だ）

奈央の胸には、ひとつき前に駅のホームから見た、髪の長い女の人のことが浮かんでいた。南岳のふもと、白樺の林の中に一瞬だけ見た女の人――麒麟が山の人の話をしたときに、すぐに思い出した女の人だ。

「あ」

と、思う間に――たぶん、それは麒麟や静花や、覆面人間までも同じだったろう――髪の長い女の人は、バネの仕掛けでも付いているような勢いで、覆面人間に体当たりした。

「あんたたち、逃げなさい！」

頭のてっぺんから抜けるような高い声で、女の人は叫ぶ。

奈央たちはわれに返り、倒れている新聞記者に駆け寄った。

死んでしまったように見えた女性記者だが、麒麟が肩に担ごうとすると小さなうめき声を上げた。

その声を聞いて、一度は虚をつかれた覆面人間も、体勢を立て直した。

覆面の中で、ちろちろと光る目が、奈央たちを、新聞記者を、髪の長い女の人を見渡す。

こちらは女と子どもばかり、でも相手だってたった一人だ。

取っ組み合うか、逃げてしまうか。

おそらく、双方が同じことを考えて迷ったと思う。

その緊張が破れたのは、もう一人、新しい人物が現れたおかげだった。

ずんぐりした体軀を左右に揺らすようにして、廊下の向こうから走って来たのは、よろず屋だ。

「藍子《あいこ》、大丈夫か！」

よろず屋は壊れたような大声で叫ぶ。

覆面人間と、藍子と呼ばれた女の人は、ほとんど同時に後ろに飛びのいた。

よろず屋はこの場の混乱をざっと見渡し、覆面人間に摑みかかるか、女の人に駆け寄るべきか、ほんの一瞬だけ迷った。

その一瞬のすきに、覆面人間が逃げ出した。

続いて、髪の長い女の人も、煙が消えるような素早さで走り去ってしまう。

「あ」

現実離れした速さで逃げてゆく二人と対照的に、残された者たちは、その場に居てしばらく身動きが出来なかった。

「あの……。藍子って呼んだ人、よろず屋さんの奥さんなんですか？」

「え――ああ」

よろず屋は魂が戻ったように「ほうっ」と息を吐いて、失神したままの新聞記者を肩に担いだ。

「帰ろう」

洋館から出る間も、月光の射す森を抜けるときも、だれも口を開かなかった。奈央たちは「あれが、これが」と騒ぎたかったのだが、よろず屋の重たい沈黙がそれを無理にもしずめていた。

＊

よろず屋がしゃべり始めたのは、サカエ橋を戻って人込川沿いの一本道をしばらく歩いたあたり――さっき彼の姿を見定めた地点まで来たときである。意外によく通る声で、よろず屋はぽつりぽつりと語った。

「藍子は――女房は、二年前の今時分、突然に居なくなったんだ。その日、駅のホームで藍子を見たという人が居たけど、おれは信じなかった。藍子は村の外で生きていけるようなヤツじゃない。藍子は山に行ったんだ」

「どういうことですか？」

おっかなびっくり問う麒麟に、よろず屋は意外にも彼の愛読書の『遠野物語』のことを引き合いに出してきた。

よろず屋は、妻が、『遠野物語』の山の人のように、こよみ村を囲む山の中に姿を消したと思っていたのだ。奥さんは家を捨てて山の人となった。それでも未練が残っているから、夜になって人が寝静まったころ、里まで下りてくるという。

（ラジカルというか、マジカルというか……）

どうしてそんな、不思議な発想が出来てしまうのか、奈央には判らなかった。

さりとて、あの髪の長い女の人――藍子さん（？）が、村で普通に暮らしているとは考えられない。姿形は人間だけど、ピンととぎすまされた気配は人間離れしている――すごく野生的なのだ。今夜、近くで目の当たりにした奈央は、駅のホームで見かけたときよりいっそう、相手が超常現象の世界に住む人だという印象を強くした。

だったら、もう一人の人物――覆面人間はどうなのだろう。性別も年齢も判らない声で話し、新聞記者の岡崎修子を絞め殺そうとしていた怪人だ。あんな人は村で見たことがない。そもそも、あれはこの世の人なのだろうか。

いや、その前に、岡崎はどうして、通行禁止の橋を越えてあんな場所に居たのか？

相変わらず疑問ばかりがくるくる回って、考えるほどに混沌に落ちてゆくような気分になる。

「夜に一人で捜し歩いて、奥さんのことを見つけたことがあるんですか？」

「今夜、見つけた」

奈央はよろず屋に、もっと突っ込んだ質問がしたかったのだが、疲れてしまってどうでもいい気持ちにもなっている。

「藍子は特別な女なんだ。特別だから、山に呼ばれてしまったんだ」

よろず屋は頑としてその説を曲げず、しかし、きちんと三人の子どもたちを家に送り届けてくれた。

4

奈央の家――村長宅で一晩休んだ新聞記者の岡崎修子は、目覚めると一切のことを忘れていた。その忘れっぷりは、前に予言暦を盗みに来た占い師とよく似ていた。

「昨日、溝江アンナさんのイベントの取材を終えてすぐ、村を出たんですが。疲れて児童公園のベンチで一息ついていたら、そのまま眠ってしまったらしくて」

いろいろ辻褄が合っていない。

クルマが故障したなら、勤めている新聞社なり、ロードサービス業者なりに連絡するはずだ。村まで戻って来たなら、役場に助けを求めてもいい。だいいち、岡崎女史が居たのは児童公園のベンチではなく、通行止めの橋を越えたナゾの洋館の中なのだ。

けれど、村長である育雄も、駆け付けた平野も何も云わなかった。

この態度もまた奇妙ではないか？　平野などは、岡崎修子が村の秘密を探っているなんて云って血相を変えていたのに。

そんな疑問を育雄にぶつけてみても、「う〜ん」と言葉をにごすだけで何も教えてくれなかった。

そもそも問題の洋館は、本当に湯木家の別荘なのか？

この問いは聞くに聞けない。なにしろ、半鐘が鳴った時点で外出禁止なのに、それを破って、立ち入り禁止の場所に入り込んでしまったのだから。このうえ、ヤブをつついて蛇を出すような度胸は奈央にはなかった。

（どうせ、またごまかされちゃうんだろうし）

何より奇妙なのは、静花や麒麟までが、「昨夜は暗くて道に迷っていたら、よろず屋に助けられた」なんて云うのだ。

二人が口裏を合わせて奈央にウソを云うはずなどない。

だとすればサカエ橋を渡った先、洋館で起こったことは、本当に何も覚えていないということか。

（変！　ぜったいに変！）

＊

午後になって静花が竜胆市に帰った後、奈央はビーズのペンダントヘッドを無くしたことに気付いた。竜胆市に居たころ、ハンドメイドの雑誌を見ながら、静花と二人で作ったものだ。

静花との友情の記念品だし、竜胆市での平穏な暮らしにつながるお守りみたいな気がしていたから、奈央は落ち込んだ。

不意に、こよみ村に引っ越して来たことが、悔やまれる。単身主婦を宣言して竜胆市の建売住宅に住み続ける母や、口とは裏腹にこよみ村から出て行ったきりの大叔母たち親戚のありようが、とても利口に思えてきた。

実のところ、昨夜の怖ろしい体験で、奈央はすっかり気持ちがすくんでいたのだ。それでも、生来の好奇心は、くよくよしているはずの奈央を、良い子のままではいさせない。

夕飯どきが過ぎて、平野が晩酌を一緒にと云って訪ねて来た。簡単な肴《さかな》をならべてから二階の自室に引き上げるふりをして、奈央はふすまの後ろの立ち聞きスペースに陣取った。

卓をはさんでビールを傾ける気配がして、平野がさっそく口を開く。

「例の新聞記者は、どうした？」

「ああ、岡崎修子さんね。元気になって、帰って行ったよ」

育雄が答えると、平野は「ふん」と鼻を鳴らした。早くも酔っている気配がする。

「岡崎修子が山向こうに乗り捨てて来たはずのクルマは、十文字家の駐車場にあったそうだ。そればかりじゃない。アンナさんの講演を聴きに来たツクヨミ会は、三七十《みなと》建設の関連団体らしいんだ。三七十建設の従業員の奥さん方の集まりだね」

「ゆうべの騒ぎは、十文字さんの陰謀だったって云うのか？」

現在、こよみ村は、竜胆市との合併に反対し、竜胆南バイパス道路の建設にも反対の立場をとっている。それは、前村長・湯木勘助の遺志であり、一人息子の育雄が村長のイスごとそっくり引き継いでいた。

十文字丈太郎は、それとは正反対の意見を振りかざしている。

すなわち、竜胆市をはじめとする他市町村との合併賛成、竜胆南バイパス道路建設賛成ということだ。平野が云っている三七十建設という会社は、十文字と近しい関係にあるらしい。

「まずは、こういうことさ」

ビールを注ぐ音がして、平野は酒でちょっとろれつがおかしくなった調子で続けた。

「十文字はこよみ村にツクヨミ会を送り込んで、アンナさんのイベントを盛り上げさせた。これはおそらく、あの新聞記者——岡崎修子をもぐりこませる陽動作戦だったんだよ。岡崎修子は、以前から例のことを探ろうとしている無責任なマスコミ人だからね。あの女が十文字と手を組んだのは、マズイぞ。今回は危ないところで食い止めることができたけどさ」

奈央は立ち聞きスペースに居て、ごくりとつばを飲んだ。

(何、この話？　例のことって何よ？)

胸の奥がヒリヒリする。

静花から、図書館で調べたという予言暦の話を聞いたときも、こんな気持ちになった。胸騒ぎってやつだ。

(岡崎さんって、お父さんたちとは対立しているんだ)

では、洋館に居た覆面人間は育雄か？　それとも平野か？

いや、育雄ならば奈央に判らないはずはない。平野も、違うように思う。あの覆面人間は、もっと不吉で隙がなくて、それでいて不思議な魅力があった。

——皆さんはぐっすり眠って、明日の朝日を浴びますと、サカエ橋からこちらで見たことは、何も思い出せなくなるのです。

悪い薬みたいな魅力だけど、その魅力がなければ、あの場に居た奈央以外の三人が、そろって覆面人間の言葉どおりに記憶をなくすこともないように思う。

(まるで催眠術——そうだ、催眠術だ！)

奈央だけは十文字直伝である「だるまさんがころんだ」の呪文を念じていたから、催眠術にかからなかった。

奈央はこそこそと立ち聞きスペースから離れると、冷蔵庫から紙パックの野菜ジュースを取り出して勉強部屋に引っ込んだ。

＊

翌日の放課後、奈央は大急ぎで教室の掃除を済ませると、十文字邸に直行した。

村でゆいいつ信号機がある角に立つ十文字丈太郎の住まいでは、晴天の下でふすまの張り替えが行われていた。

母屋の屋根にはシャチホコが、蔵の上にはシーサーが鎮座している様子は、いつ見ても面白い。

丸く刈られたサツキの植え込みの横、いつもは駐車場に置かれている黒塗りのクルマがない。

その場所に、唐紙を剝いで下張りの古新聞があらわになったふすまが、何枚も立てかけられていた。

「旦那さまは、外出していますよ。お忙しい方ですから」

和装に割烹着《かっぽうぎ》という、家政婦の正装といったいでたちの中年婦人が、唐紙を破る手をとめずに云った。

「ふすま、自分で張っちゃうんですか？　器用なんですね」

「実家が建具屋でしたからね」

「へえー」

興味津々近づいた奈央は、ふすまの下張りに使われた古い新聞紙の中に、『こよみ村』『催眠術』の文字を発見して、小さな声を上げた。

「何ですか？」

「すみません、これ、ください」

家政婦が了解する間も与えず、奈央は古新聞をぺりぺりとはがすと、後ずさってそれを背中に隠す。

「何をするんですか」

返せと云われるより早く、大きく一つ会釈すると、奈央はきびすを返した。

庭を駆け抜け、門をくぐり、青信号になった交差点へと駆けだす。

しばらく走った後、まだ速足のままで、手にした古新聞を読んだ。それは、二十年近くも昔の記事だった。

——明治三十七年、行政区再編のため竜胆市が周辺市町村を合併した際に、こよみ村は分離独立した。市町村合併ならぬ、市町村分離だった。これは、竜胆大学・楠美周一《くすみしゅういち》郎《ろう》博士と、こよみ村地区による怪しげな実験に、他地区の人たちが賛同しなかった結果だ。

怪しげな実験とはなにか。それは、当時、さかんにもてはやされた催眠術である。楠美博士が行っていたのは、明治中〜後期、大変に脚光を浴びていた催眠術の実験だった。こよみ村の有力者がこぞって楠美博士に賛同・協力したのは、同博士の催眠術にかかっていたのではなかったか。

市町村分離などという奇妙なことがまかり通ったのも、博士の催眠術のためか？　異端の学者は、こよみ村を巻き込んでいかなる実験を行っていたものか。こよみ村には当時のことを記した記録は、ほとんど残されていない。

こよみ村は四方を山林に囲まれ、陸地に浮かぶ孤島のように取り残されたまま、古い因習に支配されてきた。悲しいかな、それは現在まで続いている。

（岡崎啓輔・郷土史家）

＊

読みながら歩いていた奈央の足は、ひとりでに学校の校庭へと向いていた。

鉄棒にもたれ、校庭をはさんで校舎に向かった格好で、奈央はようやく古新聞の切れ端から顔を上げる。

五月晴れの空が、青く燃えるように世界を包んでいた。校庭の赤土が、空に挑むように輝いている。

「催眠術……。異端の学者……。陸地に浮かぶ孤島……」

だれも居ない校庭で、奈央は頭に浮かぶ言葉を声に出してみた。

「こよみ村には、まだ何かがあるんだ。岡崎啓輔《けいすけ》って、新聞記者の岡崎さんと関係あるのかな。この人たちが知りたがっている何かって、覆面人間や、お父さんたちが隠したがっている何かってことだよね」

自分自身の心にぼそぼそと話しかけ、スカートのポケットに手をつっこむ。

右手に触れた小さな板きれを取り出すと、それはアイスキャンデーの当たり棒だった。

第三話　百年一組

1

村はずれにある建設課の資材置き場には、なぜか夜どおし明かりが点いている。

その辺りは北岳山麓の森が切り開かれた土地で、さりとて畑地や田んぼに利用されるでもなく、昔からだだっ広い荒地になっていた。

一隅に建てられたプレハブ小屋は、土嚢《どのう》袋やカラーコーンなどが納められ、普段は無人の施設だ。それにもかかわらず、夕方から明け方まで、煌々《こうこう》と蛍光灯が灯されている。

＊

五月も終わりに近づいた、とある休日。

新米村長の湯木育雄は、一人娘の奈央を助手席に乗せてこよみ村をドライブしていた。

この村には、幹線道路というものがない。農道から農道、そして林道へと、迷路をたどるようにクルマを走らせれば、けっこうさまざまな景色に出会うこととなる。

「お父さん、庚申塚《こうしんづか》だよ。学校で習ったのとそっくり」

「お父さん、見て、見て、夕焼けがすごいよ」

奈央は「お父さん、お父さん」を連発して、車窓の景色に興奮気味だった。奈央がこれほどはしゃいでみせたのは、この子がまだ肩車に乗っていたころ以来ではないか。

育雄としては、父親の面目躍如である。

北岳の展望台から夕日にそまる村の景色を眺めて、育雄もまた大いに満足した。

「お父さん、来て良かったね。今日は楽しかったね、ありがとう」

「奈央？」

もしや、おまえ、キツネとか憑《つ》いていないか？

さもなければ、思春期で反抗期の真っただ中にいる奈央が、こんなに素直な笑顔を見せるはずがない。自他ともに認める「頼りない父」である育雄は、のどまでせりあがってくる疑問を飲み下すのに苦心した。

「じゃあ、帰ろうか」

曲がりくねった山の道に神経をすり減らし、育雄のクルマがふもとにたどり着いたときには、辺りはすっかり暗くなっていた。

西の稜線に残った赤黒い光が、まだ早い夏の蒸し暑さを感じさせる。

ヘッドライトが照らすのは、村のどことも違う景色だった。雑草の生えた休耕田や住む人の居なくなった廃屋の眺めは、どこか凄涼《せいりょう》の感すらある。

「ここだけ見たら、廃村みたいだな」

育雄がひとりごちたそのとき、その景色に一点、明かりがともった。

荒地の一角、縮こまるようにして建つプレハブの窓に、蛍光灯がまたたいたのである。

「お休みなのに、明かりが点いたよ。こんなときも、だれか働いているのかしら」

「そうなんだろうね」

運転でくたびれていた育雄は、適当なことを云って受け流したが、ひとつ奇妙なことに気付いていた。プレハブの建物の周辺には、一台のクルマも自転車もトラクターの影さえなかったのである。

「徒歩で通える場所じゃないよなあ」

首をかしげる。

しかし、家に戻ると、北岳ふもとのプレハブのことは忘れてしまった。

＊

育雄がプレハブの明かりについて思い出したのは、六月の定例議会の最中だった。

村長席にちょこんと座る育雄は、議案にそって進む議事をながめていた。

議案は、幼なじみの総務課長、平野のアドバイスどおりに育雄が提出したものだ。

その議案をもとに、議会事務局長が大まかな筋書きを作り、議長は筋書きに沿って議事を進めるという段取りになっている。

こうした予定調和的な進行が、新参者の育雄にはいまひとつ理解できていない。

こよみ村議会は、開発・合併の推進と反対、この二派に割れていた。しかし今日の議事は、そうした問題に触れることもなく、ゆるゆると進んでゆく。野次は飛ばないが、居眠りする議員はあちこちに居た。

(けしからんなあ)

そんなことを思う育雄もまた、まぶたがだんだんと重くなってくる。

コクッと、舟をこぎかけたとき、あの北岳ふもとのプレハブの明かりが、ふと頭に浮かんだ。

節電意識の高揚。

(いいね、いいね)

寝ぼけがちの育雄は、「これだ」と思う。

「あの、すみません」

これから休憩に入ろうというタイミングで、育雄は村長席から手を上げた。

「北岳林道の出口にあるプレハブの建物なのですが、あそこの夜間照明には、どうした理由があるんでしょうか？　実はですね、日曜の夕方、うちの娘とドライブした帰りに通りかかったんですよ。そうしたら、プレハブに明かりが点いているじゃないですか」

休憩に入りかけていた議員たちが、一様に面食らって着席し直す。

「これは緊急質問なのか？　村長から、緊急質問の動議か？」

どよめく声が耳に入って、育雄は肝が縮みかけたものの、それでも何かを成し遂げたような満足した気分になった。なにしろ、四月に当選して以来、自力で発案して働いたことなど、何ひとつなかったのである。

「聞いたところ、あそこは資材置き場で、ふだんは無人の場所だそうですね。だったら、あの明かりは不要ではないでしょうか。役場庁舎でも節電が奨励されている中で、あの資材置き場の夜間照明はいかにも無駄ですよ」

本会議場のざわめきが、一段と大きくなる。

議長と議会事務局長の視線が、育雄の頬に刺さった。

「村長は、何をくだらんことを云っとるのかね」

年かさの事務局長などは、そんな風に云っているのが口の動きで判る。

かたわらに居る議長がなだめるようにその二の腕をたたき、「おー、おほん」と演劇のような咳払いをした。

「その議案につきましては、平成元年八月の定例議会にて、すでに議決されています。北岳ふもとの資材置き場は、村民からの強い要望に基づき、夜間照明を行うこととする」

＊

「ねえ、変な話だと思わない?」

奈央はゴミ拾いボランティアの仲間たちの目を、一人一人覗き込むようにして云った。

麒麟と、大谷《おおたに》沙彩《さあや》と、楠美《くすみ》くん。

奈央のクラスメイトたちである。

こよみ村中学生徒会は、六月の決め事として、生徒たちがグループになって早朝に村内のゴミ拾いをすることにした。この当番になった朝は早起きしなくてはならず、眠さを紛らわすために、奈央たちは百物語をしている。

百物語とは、本来は暗い中でする怪談の会だ。本式になると、行灯に百本の灯芯を入れて怪談を語り合い、一人が終えたごとに一本の灯芯を消す。百話を語り終えて辺りが真っ暗闇になると、怪現象が起こるのだとか。

「資材置き場の夜間照明を消したらどうかって、お父さんが議会で質問したんだって。そうしたら、議長が答えて云うには――」

資材置き場のある敷地は、かつて村の火葬場だった。

今ではこよみ村の人が亡くなると、隣の竜胆市で火葬される。北岳ふもとの火葬場は、使われなくなって取り壊された後に、プレハブが建てられた。そのプレハブは、建設課の資材置き場として利用されることになった。

プレハブ建設と時を同じくして、奇妙な苦情が出始める。

――資材置き場にだれかが入り込んでいる。

――何かが動き回っている。

夜にプレハブ近くを通りかかった村民が口ぐちに、不穏なことを役場に訴えてきたのだ。

丸い光が窓から窓へと走り回っているとか、人の叫び声がして、それが届くはずのない遠くにまで聞こえるとか。

「村議会で、泥棒説や心霊現象説が大真面目に話し合われたんだって。役場の人たちが当番で夜回りしたときは、別に何も起こらなかったらしいの。置いているものが盗まれたわけでもないし、鍵もきちんと掛けられたまま。だけど、村の人からの苦情は続いたのね。結局、魔よけの意味で、夜通し電気を点けておくことにしたんだってさ」

奈央は父からの受け売りを披露した。

「その話、おまえの親父から聞いたわけ？」

火ばさみで煙草の吸殻を拾いながら、麒麟が奈央の顔を見る。

同じ動作で、楠美くんがこちらに顔を向けた。ひょろりとした麒麟よりも、さらにひょろひょろにやせた長身は、まるで向こうがすけて見えそうな印象だ。坊ちゃん刈に丸い黒ぶちメガネというのも、古風というかユニークである。

「うん。昨日の夕ごはんのときに」

「役場の中のことを家でペラペラしゃべったら、守秘義務違反じゃないかよ。それをまた、おまえがおれらにしゃべったら、二重に守秘義務違反じゃないのか」

「そうよね。それに、資材置き場の怪談は、村中のだれでも知ってるから新し味がないわよ」

大谷沙彩がツインテールを揺らして、奈央にするどい視線をくれた。日本人形みたいな顔立ちの大谷沙彩は、笑ったときの印象はとても優しいのに、目つきを怖くするとちょっとした迫力がある。

沙彩の優しい笑顔が向くのは、もっぱら麒麟に対してだ。彼女が麒麟のことを好きなのは、はたで見ている奈央にも判った。

一方。奈央に向けられるのは、ツンととがった視線だけ。転校生の奈央が、麒麟になれなれしいと思っているようなのだ。

（むしろ、その逆なんだけどなあ）

反抗期の麒麟は、母親と奈央を同類だと見ている。

こよみ村の自然を愛する溝江アンナは、自然保護派の旗頭である育雄の支持者だ。だから麒麟にとって、新村長の娘の奈央は母親の仲間——というくくりになっているらしい。

つまり、奈央は麒麟に反抗されているというのが真相だ。

それなのに、大谷沙彩にやきもちを焼かれるのは、踏んだり蹴ったりだと思う。

（麒麟が好きなのは、静花なのに）

しかし、それを云ったら、沙彩は静花にいやがらせをしに行きかねない勢いだ。

「じゃあ、次はわたしね」

沙彩は対抗意識むき出しの目で奈央を見て、それから落ち着きはらった態度で足元のプラスチックごみを拾った。

遠目には美しいこよみ村だが、いざ拾い出すと案外とゴミが落ちている。このゴミ拾いが一等得意なのが楠美くんで、見たこともないような古めかしいお菓子の袋なんかを、どこからか拾って来て袋をいっぱいにしている。

「明かりと云えばね。竜胆市の海より公園って云うところで、散歩がてらゴミ拾いボランティアをしている老夫婦が居たの」

竜胆市には『海より公園』なんて公園はないと思ったけど、口を出すとまた険悪な空気になりそうで、奈央は口をつぐんでいる。

「海より公園にはゴミ箱が設置されていなくて、公園管理事務所の裏のうす暗い場所に、ちょっと大きめの小屋があって、その建物全体がゴミ置き場になっていたのよね」

沙彩は語りが上手い。

普段から邪険にされている奈央は、ついつい批判的に聞いていたのだけど、すぐに話の中に引き込まれた。

「ゴミ置き小屋の扉には『明かりは消しましょう』と書いた紙が貼ってあるの。明かりのスイッチは、出入り口の扉近くにあってね。几帳面な二人は、きちんと小屋の明かりを消すことにもこだわっていたそうなんだ」

戸を開けたときに明かりが点けっぱなしになっていたりすると、二人は帰るときにことさら気を付けて戸口わきのスイッチを切った。

――明かりは消しましょう。

と、おじいさんが云う。

――はいはい、明かりは消しましょう。

と、おばあさんが息の合った調子で結ぶ。

パチリと消して、にっこりと顔を見合わせる。

何年かして、当の老夫婦がゴミ置き小屋の中で亡くなっていた。

この事件には、奇妙な目撃談があった。

ゴミ置き小屋と狭い広場を隔てた場所には、毎日同じアイスキャンデーの屋台が出ている。屋台のおじさんは、おじいさんが一人でゴミを小屋に運んでいるのを見たというのだ。

——今日は、ずいぶんと大きなゴミを捨てるんだな。

アイスキャンデー売りのおじさんはそう思ったけれど、おじいさんが小屋から出て来るところは見ていない。

「おじいさんがおばあさんの遺体をゴミ小屋に運んで、何かの理由で自分も小屋の中で亡くなったとか？　実は殺人事件だったとか？」

奈央が思わず口をはさんだ。

大谷沙彩は「さあね、そこは判んない」と云って、すこし間を置く。

楠美くんと麒麟は無言のままだが、じれったそうな素振りで話の先をうながした。

「それから、しばらく過ぎた日のことよ。夏の金曜日の夕方、海より公園でゴミを拾ったボランティアの人が、ゴミ置き小屋にゴミを持って来たのよ。そうしたら、小屋の電気が点けっぱなしになっていて、切れかけの蛍光灯がパッパッと点滅していたの」

——蛍光灯、切れかけですよー。

点いては消える明かりのせいで、小屋の中のゴミがまるでパラパラ漫画みたいに動いているように見える。公園管理事務所は退庁時刻が過ぎて、職員はすでに帰宅した後だった。土日もこのままかと思うと、何となく気にかかる。

――でも、しょうがないか。

ゴミを置いたら帰ろうと思い、戸を開けたままにして、ゴミ置き小屋に入って行った。日中の暑気でゴミは蒸しあげられた状態になっていて、小屋の中はひどいにおいがする。息をつめて、そそくさとゴミを置いて戻ろうとしたら、変なものが目に入ってしまった。

それは、ぐったりと壁に寄り掛かった人間のように見えた。

――きっと、このあいだの夏祭りで使った人形だよ。

そう思ったけれど、確かめずにはいられない。

明滅する蛍光灯の光では、はなれた場所の様子が判らない。だから、その人はゴミをかき分けるようにして、人間のようなものに近づいていった。

「その時よ」

背後で「バターンッ！」という大きな音を立てて、戸が閉まった。

切れかけの蛍光灯が明滅するゴミ置き小屋に、閉じ込められてしまったのだ。

暑くて、ゴミの臭気がひどくて、その人はゴミにつまずきながらも、大急ぎで戸に駆け寄った。

――明かりは消しましょう。

――はいはい、明かりは消しましょう。

開かないドアの向こうから、おじいさんとおばあさんの声がして、明滅する蛍光灯は消えてしまった。

2

六月に入ってから、放課後は『子ども歌舞伎』の練習で忙しい。

『子ども歌舞伎』はこよみ村の伝統芸能で、お盆の時期に村の大人たちを招いて披露されることになっていた。

今年の出し物は『勧進帳《かんじんちょう》』である。

役柄は自薦でも他薦でも自由に決めようと云って始まったはずが、ホームルーム開始早々に、教室の後ろで見ていた先生が奈央を主役の弁慶《べんけい》に指名した。

――は？

弁慶がどんな人物なのかもよく知らない奈央は、唖然としてしまった。

――こよみ村に来たばかりの湯木さんは、子ども歌舞伎の面白さがまだよく判らないと思います。今年は湯木さんに主役の弁慶をつとめてもらい、こよみ村の伝統に早くなじんで欲しいと先生は思うんです。

これは、えこひいきというものである。

都市部からの転校生ということに加え、村長の一人娘だから、奈央はずいぶんと特別扱いをされているのだ。転校のタイミングが新年度の始まりと一緒だったこともあり、来たなりクラス委員に抜擢されたのも、同じ理由からだった。

こんな調子では、大谷沙彩みたいに奈央に反感を持つ子が出てくるのも無理はない。けれど、奇妙なことに（と、奈央でさえ思う）、クラスメイトの多くは、先生のこうしたえこひいきに賛同している。街から来た子、村長の娘という理由で、皆はごく素直に奈央を特別視していた。

奈央と同様にえこひいきされているのが、溝江麒麟だった。

タレントの息子であるこの少年は、東京からこよみ村に移り住んで五年が経つ。だからもうすっかり村の子と云っていい。それでも、母のアンナがことあるごとにこよみ村をユートピアみたいに紹介するので、息子の麒麟も株が上がるのだ。

母親に似た顔かたちは美男子というよりは、女の子めいて腺病質な感じすらあるのだが、やはり特別な存在として学校ぐるみでちやほやされていた。

そんなわけで、麒麟はクラスの副委員をつとめ、今回の子ども歌舞伎でも源義経《みなもとのよしつね》の役に指名された。もっとも、こちらは先生の肝入りではなく、大谷沙彩の推薦だった。

もちろん、反対する者は居ない。

斯《か》くして、朝はゴミ拾いボランティア、放課後は子ども歌舞伎の練習という毎日が始まったのである。

公民館に集った役者も裏方も、そろって学校の体操着を着て、セリフ回しや、音曲《おんぎょく》の練習をする。そんな姿は大人から見れば健気で可愛らしいのだが、当の中学生にしてみれば体操着と古式ゆかしい芝居のアンバランスさが、気恥しい。

「そうじて、このほどより、ややもすればほうがんどのよと、あやしめらるるは、おのれがわざの、つたなきゆえなり。むむ、おもえば、にっくし。にくし、にくし――」

奈央は台本どおりに麒麟＝義経を打ち据える演技をして、一発だけ本当に当たってしまう。

「痛えぞ、この弁慶女！」

「わざとじゃないし！　それに、弁慶女って何よ！」

つかみ合いになりかけたところを、他の出演者や裏方にとめられ、『勧進帳』が『忠臣蔵』の松の廊下みたいになる。

「覚えてろよ、怪力弁慶女！」

「あんたが、お役人に正体バレるのが悪いんでしょう、ドジ義経！」

奈央は麒麟＝義経と、大谷沙彩＝富樫《とがし》を指さし、かなり本気で怒った。

講師役の松浦が、手を打ち鳴らしながら近づいて来た。

「まあ、まあ、役になりきるのは良いとして――」

こよみ村の村八分という特殊なポジションに居る松浦は、奈央の父と五歳ほどしか違わない。奈央たちからすれば「おじさん」の年ごろなのだが、もっとずっと若く見える美男子だった。おまけに、この村独特の村八分という役目柄、何でも知っていて何でも出来て、子ども歌舞伎の指導までしてくれる。

「ちょうどいいや。少し休憩しようか」

松浦がそう云うと、大谷沙彩がそそくさとペットボトルのお茶を取りに行った。奈央には意地悪だが、こういうときの沙彩はだれよりも気のつく子だ。

「ああ、もう、暑いなあ。勧進帳が、汗でぐちゃぐちゃ」

奈央は勧進帳を、床板の上に置いた。

練習用の小道具である勧進帳は、カンニングペーパーになっている。しかし、本番では本当の白紙を見てセリフを云わねばならず、それが作中の弁慶の大物ぶりに通じているのだとか。

「ねえ、松浦さん。そもそも『勧進帳』って、どんな話なんですか?」

「やだ、湯木さん。ストーリーも知らないで弁慶の役をやっているの?」

お茶をくばる沙彩が、あきれたように云う。

松浦は「ちょうどいいから、皆に説明しよう」と云って、一同に手招きした。めいめいがペットボトルを配られ、松浦を中心にして車座になって座る。松浦は「なんか、照れるなあ」と云って、タオルで頬の汗をぬぐった。

「鎌倉幕府の将軍になった源頼朝《よりとも》と、弟の義経が仲たがいをするんだ。この場合、義経ってのは、気高くて格好良くていくさが強い貴公子っていう設定。実際には、どういう人だったのかな。麒麟くんは義経役だから、その辺りを想像してみてください」

「はい」

麒麟がいつになく素直にうなずく。

「頼朝に命を狙われる義経は、配下の者たちと一緒に奥州《おうしゅう》へと逃げるんだ。それが、弁慶とその仲間たちだね。

逃げるにあたり、義経一行は山伏《やまぶし》に変装していたんだけど、関所を通ったときに正体を見破られそうになる。富樫が、山伏一行を率いている弁慶に向かって云うんだ。――おまえら本当に山伏なのか？　山伏なら勧進帳を持っているはずだから、読み上げてみろ」

「勧進帳ってのは、神社仏閣関係の募金のことを記録した書類のことだよ」

物知りの麒麟が口をはさむ。

「山伏はお寺の修理や建て替えの寄付金集めの仕事もしていたんだ。その詳細を書いたものだから、今の感覚で云うと営業マンの手帳みたいなもんかな」

「でも、物語の中では弁慶たちはニセ山伏だからね」

松浦が続ける。

「当然、勧進帳には何も書かれていないわけだ。それを見破った関守の富樫が――」

富樫役の大谷沙彩を振り返ってにっこり笑うと、沙彩もつられてにっこりした。

「弁慶を追及するんだ。おまえが本当に山伏なんだったら、持っている勧進帳を読んでみろってね」

実際に、大谷沙彩が奈央に向かって云いそうなセリフだ。

「勧進帳に何も書かれていないとバレたら、自分たちがニセ山伏だと白状したようなものだ。だから、弁慶は白紙の勧進帳を広げて、即興ででっちあげた内容を読み上げるフリをする。あたかも、そこに書かれているように」

「湯木ってさあ、ときどき英語の宿題で『勧進帳』をやるよな。白紙のノートを持って適当なことをしゃべりながら、隣の席にノート貸せって合図してんの。あれって、バレバレだぜ」と、麒麟。

「うるっさい」

怒った奈央が段ボールの金剛杖《こんごうづえ》で麒麟を叩くフリをすると、芝居の中みたいに大谷沙彩＝富樫の厳しい視線が飛んでくる。

「まあ、まあ」

松浦が笑った。

「麒麟くん。お母さんに頼まれていたゲンノショウコ持ってきたから、後で渡すね」

「いつもすみません」

麒麟は、母親の田舎暮らしについては、付け焼刃の趣味みたいなものだと思っている。本職の農家なら、いちいちかまっていられない溝江アンナのスローライフに、松浦だけは律儀に付き合ってくれるのだ。

「現の証拠？　それも歌舞伎？」

「薬草だよ。おまえってさ、本当に何も知らないんだな」

「なにを！」

またケンカになりそうなところを、松浦がとめる。

練習を再開するため皆が立ち上がったところで、大道具担当の先生が松浦を呼んだ。

「ちょっと、手伝ってよ、村八分さん」

「はい！」

駆け付ける松浦の背中を見ながら、奈央は「ふん」とため息をついた。

この子ども歌舞伎の講師もそうだけど、松浦という人は村の面倒な仕事を進んで引き受けている。いくら村の人に信頼される役割とは云っても、村八分なんて呼び方はやはり失礼なのではないか。

「そうじて、このほどより、ややもすればほうがんどのよと、あやしめらるるは――」

松浦に面倒をかけまいと気合いを入れたら、声がひっくり返った。

クラスメイトの笑い声を聞きながら、奈央はだだっ広い公民館の中を見渡した。

（あ、楠美くん、来てないんだ）

そう云えば、今日は学校でも楠美くんを見ていない気がする。

3

金曜は急に暑くなって、テレビのニュースでは今年初めての真夏日になったと云っていた。

奈央たちは、教室の掃除当番だった。

朝のゴミ拾いと同じく、奈央と麒麟と大谷沙彩と楠美くんが、教室掃除のメンバーである。

竜胆市の学校と違って、こよみ村の中学校は生徒が少ないため、放課後は必ずどこかしらの掃除当番に当たる。慣れてしまうとこれも苦ではなくなり、真夏みたいに晴れた放課後に、勉強とは別の作業で居残るのは、それはそれで愉快でもあった。

「ゴミ捨てお願い。わたし、黒板消しをはたくから」

「オッケー」

大谷沙彩とも、ごく普通にそんな会話をかわした。間に麒麟が居なければ、沙彩も対抗心を燃やしてこないようだ。

問題の麒麟は、職員室に出席簿を置きに行っている。

今日は溝江家のお茶に招待されているから、奈央と麒麟は一緒に帰宅することにしていた。そんなところを沙彩に見られたら、またとげとげしい態度を取られてしまうのだろう。

（乙女心って面倒くさいなあ）

ゴミ箱を抱え、渡り廊下を通って古い階段を降りて、裏庭に出た。

セミの鳴く季節には早いので、風の音と、部活の練習の声だけが遠くに聞こえる。耳の錯覚なのか、だれかが追いかけてくるような気配を感じて振り返ってみたけれど、だれも居なかった。

「学校の怪談――？」

少し怖い気がして、わざわざ声に出してみる。

応える者が居るわけでもなく、奈央は胸にたまった空気を「ふうっ」と吐き出した。

プラタナスの並んだ木陰を、毛虫に注意しながら少しだけ行くと、おんぼろのゴミ置き小屋がある。

板壁の造りはがっしりしているが、まるで時代劇に出てくるような年代ものだ。元は引き戸だった出入り口だけが改装されて、ドアが取り付けられている。その真ん中に、風化寸前の張り紙がしてあった。

『明かりは消しましょう』

(なんだか、このあいだの怪談みたいだな)

ギーギーと鳴るドアを押し開けると、張り紙に反抗するみたいに蛍光灯が点けっぱなしになっていた。古くなって明滅しているところまで、大谷沙彩の云った怪談に似ている。そう思ったと同時に、小屋にこもっていた熱気と臭気が、顔にぶつかってきた。

(うっは)

外の空気を大きく吸い込んで、息を止める。

ドアを開いた状態にして、中に入った。

手前に放置すると後から来た人が困るから、ゴミは奥に置かれている大きなゴミ箱に入れるのがルールだ。それにもかかわらず、教室用のゴミ箱ごと手前に置きっぱなしにされているものもある。

そんな中のひとつ、給食の牛乳パックがはみ出したゴミ袋につまずきかけ、肺にためこんだ息を思い切り吐き出してしまった。それでも息をとめて進むと、奥の大型ゴミ箱にたどり着いたあたりで、息苦しさは限界になった。

(我慢できない！)

反動で思い切り、悪臭のする空気を吸い込んでしまう。

もう泣きたい気持ちで、早く戻ろうときびすを返したとき、半開きにしていたドアのあたりに人影が見えた。

「だれ、大谷さん？」

姿もよく見えなかったというのに、なぜ、そう呼んだのか？

答える声がないかわりに、ドアが大きな音をたてて閉まった。

『はいはい、明かりは消しましょう』

『明かりは消しましょう』

耳慣れない生徒の声が、笑うようにささやき合う。いや、声色を変えてはいたが、それはどちらも、一人の人間の声に聞こえた。

問題は声と同時に、明滅していた蛍光灯が消えたことだ。

「ちょっと！　中に人が居ます！」

ドアを開けようとしたら、外から押し返す気配がした。

こちらがひるんだ瞬間、フック式の鍵が閉まる音が聞こえる。

奈央を閉じ込めた者の足音が、つかの間のうちに遠ざかった。

「開けてよ！　開けて！　開けなさい！」

ドアにかじりついて、こぶしで叩いた。けれど、その音はもうだれの応答も得ることなく、奈央自身の耳にだけ響いて消えた。

＊

湿気と悪臭に満ちた暗がりの中で何時間経ったものか。

助けを求める奈央の声に応えてくれる者もなく、そのうちのどが嗄《か》れて、くたびれてしまった。

こよみ村中学は、各学年が一クラスしかない。今日はあいにく、一年生も三年生もさっさと掃除を済ませてしまったに違いない。だから、このゴミ置き小屋に来たのは、奈央が最後だったのだろう。いくら大声を出してみたところで、近付く人さえいないのだから、どうにもならない。

奈央は声を出すのをやめ、ドアの近くに座り込んだ。

だまって耳を澄ませ、人が通る気配を聞き取ろうと思ったのだ。

暑さと臭気がひどい。最初は息をするのさえこらえていたのに、助けを呼んで大声を出し続けた時点で、この悪い空気は奈央の体に十分に取り込まれてしまった。それがまっすぐ汗になって、顔を伝い、首筋を伝い、雨のように全身を流れ落ちて行くような感じだ。

どれだけ待っても、どれだけ汗が流れ落ちても、だれも来なかった。

ドアの隙間から見えていた光が、夕焼け色になり、やがて消える。風の音に混じって聞こえていた運動部の練習の声も、いつの間にか聞こえなくなっていた。それが思ったよりずっと短い間のことだったので、奈央は気を失っていたのかも知れない。

完全な闇の中で、体中の水分がすべて汗になって流れてしまったのではないかと思ったころ、出入り口のドアからガチャガチャという音がした。

(え?)

待ち焦がれた僥倖《ぎょうこう》というものは、にわかには実感がわかないものだ。

奈央は夢を見ているのかと思い、次の瞬間には自分がこの悪臭ふんぷんたる暗がりの中に居ることが、現実とも思えなくなってきた。そんな混乱の中で思い出したのは、今日、麒麟の家を訪ねる約束になっていたことだった。

(麒麟、助けに来てくれたんだ——)

立ち上がったと同時にドアが開く。

けれど、懐中電灯でこちらを照らしていたのは、溝江麒麟ではなかった。

ひょろ長い体型に、坊ちゃん刈——楠美くんだ。

「楠美くん?」

茫然とする奈央を助け出し、楠美くんは呆れたような声を出した。

「こんなことじゃないかと思ったんだ。大丈夫？」

暗い中で表情は見えなかったけれど、声は心配そうだった。背丈に反して変声期が始まっていない楠美くんの声は、女の子みたいに細くて高い。

「わあ、助かった。——水、水」

奈央は裏庭を駆けて階段下の水飲み場まで来ると、水道の蛇口にかじりつくようにして水を飲んだ。頭から背中から下着の中まで、水をかぶったみたいに汗でぬれていた。ゴミと汗のにおいが、全身から立ち上っているのが自分でも判る。

「あんまり近寄んないで、わたし、くさいから」

「女の子って残酷なことするなあ」

「え？」

「きみ、大谷さんに閉じ込められたんだろう？」

「そんな——判らない。閉じ込めた相手のこと、見なかったもん」

「のんきなことを云っている場合じゃないよ。きみ、死んじゃうかも知れなかったんだよ。というか、もう死んでたりして」

いつも無口だから会話のセンスもないのか、楠美くんはまるで笑えない冗談を云う。

「送っていくよ。近道をするから、ついて来て」

水を飲んで人心地つくと急に疲れが出て、その場にへたり込みそうになる。そんな奈央をいたわるでもなく、楠美くんは先にたってすたすたと歩きだした。

「ぼくの番だね」

暗い軒下を歩きながら、楠美くんは振り向きもせずに云った。

「何が？」

「百物語。怪談だよ」

楠美くんがそんなことを云うものだから、つくづく空気を読まないヤツだと奈央は腹が立ってきた。しかし、あのゴミ置き小屋から助けてもらったんだから、小さなことで文句など云っていられない。

「きみさ、おかしいと思わなかった？　クラスの人数は十九人だろ？　ゴミ拾いボランティアのグループは五班。四人のグループが、四班。三人のグループが、一班だよね。

うちの班は、クラス委員のきみと、副委員の溝江くんが居るから、特別にがんばってくださいって先生が云った。それで、うちだけが三人グループになったんだ。

三人目を決めるとき、溝江くんのことを好きな大谷さんがハイハイハイッ！　って、血相変えて手をあげちゃって、本当におかしかったよね」

楠美くんは、こちらを振り返って、にっこりと笑った。暗がりで顔は見えなかったけど、黒ぶちメガネの中の小さな目が笑ったことだけは、なぜか判った。

「え？」

あなた、だれ？

いや、そもそも、うちのクラスに楠美なんて苗字の人は居ないけど。

そう云おうとしたとき、楠美くんは目の前の引き戸を開けた。

奈央はいつの間にか自分たちが廊下を歩いていて、楠美くんが開けた先が教室であることに気付いた。

その教室には、奈央たち二年生クラスの三倍近くの生徒が居て、机をびっしりつめた状態で席に着いていた。

奈央の知っている顔は一人もいない。

見知らぬ一同は、いっせいに新来者である奈央を見た。

背筋がざわざわしてくるのは、流した汗が乾き始めているせいだろうか。

こちらを見る顔が皆、歌舞伎の化粧をしたみたいに真っ白に見えるのはなぜなのだろう。

「ここは百年一組だよ」

奈央を教室の中にいざないながら、楠美くんが云った。

「卒業証書をもらえなかった子たちが、永遠に授業を受け続ける教室だ。きみも、さっき、熱中症で死んでしまったから、この教室の生徒になったんだ」

そう云って指さすのは、教室のちょうど真ん中、こんなに混んでいるのに一つだけ残っている空席だった。

「さあ、きみの席だよ」

「はあ？　わたし、生きていますけど？　ほら、汗くさいし。——いや、ちょっと待って」

無理に座らせようとする楠美くんにあらがって足をふんばり、奈央はともすれば停止してしまいそうな考えをふりしぼった。

（楠美——楠美——聞いたことがある）

むかし、こよみ村に来て、村ぐるみで催眠術の研究をしていた学者の名が、楠美ではなかったか？

そう思ううちにも、黒板には奈央の名が書きだされ、四月に転校して来たときと同じ光景が、暗い教室の中で繰り返されている。

「新しいクラスメイトを紹介します。湯木奈央さんです。湯木さんは、村長のお嬢さんなんですよ」

「おお」

どよめく皆の顔には、しかし何の表情も浮かんでいない。まるで、芝居の書き割りみたいだ。そうじゃなかったら、墓場の墓石みたいだ。

怖い想像は次々に浮かんで来るのに、夢の中に居るみたいに、奈央の意思とは無関係に足が動いて、教卓のわきに立ってしまう。

「では、湯木さん。自己紹介をしてください」

ゴミ置き小屋での熱中症のせいなのか、足元がふらふらした。

考えを振り絞ろうとすれば、するほど、頭の中がからっぽになる。

（そっか、わたしはやっぱり死んだのか。じゃあ、早く挨拶して、クラスの皆の印象を良くしなくちゃ。転校一日目につまずくと大変だから……）

奈央が百年一組の新しいクラスメイトたちに向かって口を開きかけたとき、ふたたび戸が開いた。

「……？」

教室の引き戸にしては、チープな音がした。

それはまるで、プレハブのアルミ戸のような音だった。

そんな風に考えていると、聞きなれた声が聞こえてくる。

「おまえ、何やってんだよ！」

奈央は目を瞬かせて、戸口に立っている人たちを見た。

麒麟が居る。

父と平野総務課長、それになぜか大谷沙彩も一緒で、沙彩は盛んに泣きじゃくっていた。

「あれ？」

一同の登場を認めたと同時に、そこは教室ではなくなっていた。

暗い顔のクラスメイトたちが消え、ぎゅうぎゅうに詰め込まれた机やイスまでも消えてしまう。

奈央が立ち尽くしているそこは、プレハブの資材置き場だった。

カラーコーンや、土嚢を造る袋がつまれ、昼と間違うほど明るい蛍光灯の光が周囲を照らしている。

「どういうこと？　ここはどこ？」

奈央がいくら訊いても、育雄は脱力した面持ちで奈央に抱き付いて来るし、平野は「良かった、良かった」と繰り返すばかり。沙彩は相変わらず泣くだけで、ゆいいつ話の出来そうな麒麟は、ただ「やれ、やれ」と顔のわきで手を振った。

「楠美くんは？」

奈央の問いに答える者は居なかったが、平野の頬がわずかにピクリと動いたような気がした。

奈央の席は真ん中の列の一番後ろである。

扇のかなめのようなその席に居て、奈央は五時限目の眠さを持て余していた。

大谷沙彩も溝江麒麟も、いつもと同じ様子で授業を聞いている。

4

＊

奈央を学校のゴミ置き小屋に閉じ込めたのは、大谷沙彩だった。奈央が麒麟の家のお茶に招待されたことを耳にして、頭に血がのぼったのだという。

一緒に教室の掃除をしていた、あのとき――。

「ゴミ捨てお願い。わたし、黒板消しをはたくから」

そう声を掛けた沙彩は、黒板消しをわきに置くと、ゴミを捨てに行く奈央の後を追いかけた。足音を殺してゴミ置き小屋の前に立つと、奈央が中に居るのを確認して、その戸を閉ざしフック錠を閉めた。

小屋の中では、異変に気付いた奈央が助けを求めて騒ぎ始める。

ここで戸を開けたら、意を決して行動に移したことが無駄になる。何より、奈央に、閉じ込めたのが自分だとバレてしまう。

そんなの馬鹿みたい——せっかく閉じ込めてやったのに。

沙彩は無理にも、そこから先のことを考えるのをやめた。

逃げるように走って小屋を離れると、何くわぬ顔をして教室にもどる。

黒板消しは、もうだれかがきれいにしてくれていて、掃除も終わった後だった。

ただ一人、麒麟だけが人待ち顔で残っている。その様子を見たとたん、沙彩は自分がしたことが間違ってなどいないと、強く思った。

「麒麟くん、だれかを待ってるの？」

どこまでも冷酷になってゆく気持ちを隠して、沙彩は優しい声で訊いた。

「いや、別に」

「じゃあ、一緒に帰らない？」

そう云った瞬間、奈央のことは完全に意識の中から消えた。

冷えていた気持ちが、思いの丈《たけ》を告白したみたいに熱くなる。

いいよと云って——いいよと云ってよ、麒麟くん。

「いや、もう少し居る」

「そうなの？」

人待ち顔の麒麟を見ていると、ひどく腹が立ったが、顔だけが体から切り離されてしまったかのようにニヤニヤと笑えてきた。少しも愉快ではないのに、笑いが止まらないのだ。その笑いを隠すように背中を向けて、沙彩はいそいで教室を出る。

(教室にゴミ箱がないのに気付けば、きっと麒麟くんが助けに行くわよ)

そうしたら、二人はますます仲好くなる？

ゴミ箱がないことになんて気付かないかも知れない。

気付いたとしても、あの人がゴミ置き小屋に居るなんて思わない。

思ったとしても、わたしが閉じ込めたなんてだれも気付かない。

沙彩の心は、支離滅裂な軌道を描いて回り出していた。

(いやだ、こんなこと、もう考えない、考えない)

沙彩は急いで校庭を横切り、もっと急いで校門を出た。

ゴミ置き小屋の方角に西日が傾いている。いつもはピンク色に染まり出す空を振り返りながら帰るのに、今日ばかりはかたく前だけを見て歩いた。

帰宅後も思考停止を決め込んだ沙彩だが、太陽が沈み切ったころには、居ても立ってもいられなくなった。そうかと云って、自分で奈央を助けに行くなど出来そうもない。

暗い学校に一人で出かけて行くなど、考えただけで足がすくむ。

奈央に反撃されて、こんどはこちらが閉じ込められるかも知れない。

もしかすると、奈央は熱中症で倒れているかも知れない。

耐えられなくなって湯木家を訪ねて行くと、驚いたことに麒麟も来ていた。

いや、驚くようなことじゃない。今日、麒麟の母親が奈央をお茶に招待したことは、沙彩も小耳にはさんで知っていた。アンナが、いつまで待っても奈央が来ないので湯木家に連絡し、父親も奈央の異変に気付いたらしい。

この頃になると、沙彩の中で嫉妬の感情はさほど重たいものではなくなっていた。それよりも彼女の気持ちの多くを占めていたのは、罪悪感と怖ろしさだった。

奈央がひどいことになっているに違いない。ひょっとしたら、熱中症で死んでしまっているかも知れない。

もしもそうなったとしたら、わたしはどうなってしまうの？

沙彩に気付いた麒麟が、もの問いたげな視線をよこした。

「どうしたの、大谷さん？」

「あの……あの……」

答えられずに居ると、また別の客がやって来た。役場の総務課長、平野だった。

「北岳麓の資材置き場で、ポルターガイスト現象が起きているというんだが――」

「ポルターガイスト現象？」

「たった今、匿名の通報があったんだよ」

平野は言葉を切ると、あいまいに云って首をかしげる。

「例の資材置き場で、ひどい物音とか、人の声がするんだってさ。そう云えば、育ちゃん——村長が、議会であの資材置き場のことを質問してたのを思い出してさ」

平野は皮肉な云い方をしたが、育雄の表情がかたいことに気付いて「どうした？」と問う。

ここで、こらえきれなくなった沙彩がすべてを告白した。

「わたしが、湯木さんをゴミ置き小屋に閉じ込めました。でも——でも、今日は暑いから、もう死んでしまっているかも知れない」

仰天した一同は学校のゴミ置き小屋に駆け付けたが、そこには奈央は居なかった。沙彩が掛けたと云っていたフック錠は外れていて、奈央が教室から持って来たゴミ箱は、コンクリートの床に放り出してある。

奈央は確かにここに居たが、無事に出られた。

けれど、どこに行ったのか？

そこから先は、話が飛躍し過ぎて、今もってだれもうまく説明が付けられずにいる。

奈央は北岳ふもとの資材置き場に居たのである。

皆がそこまで奈央を探しに行ったのは、麒麟のひとことによるものだった。

「そもそもポルターガイスト現象って、変でしょう？　湯木がそこに居て、助けを求めているんじゃないんですか？」

「なぜ？　どうやって、そんなところまで？」

平野が尋ねたけど、それは麒麟にも答えられない。しかし居ても立ってもいられない育雄は、答えより先にクルマを回していた。

はたして、北岳ふもとの心霊スポットに、本当に奈央が居た。

閉められていたはずの錠前はやはり外れていて、中にぽつねんと立ち尽くしていた奈央は奇妙なことを云ったのである。

「ヤバかったぁ。わたし熱中症で死ぬところだったでしょ。それで、死んだ人のクラスに入れられるところだったの。百年一組って云うんだけどさ」

「奈央、大丈夫か？　おかしくなっちゃったんじゃないのか？」

育雄は、コンクリートの床の上に、へなへなとへたり込んでしまった。それを助けようとした平野の手を振り払って、今度は沙彩に食ってかかる。

「きみのしたことは、殺人未遂だよ！　立派な傷害罪になるんだからね！」

いつも大人しい村長は、キツネ憑きにでもなったような権幕で叫んだ。

沙彩の中では、緊張と安堵、後悔と反抗がめちゃくちゃになって回り出したらしく、その結果とてもシンプルな本音が弾け出た。

「湯木さんが、麒麟くんといちゃいちゃするから悪いのよ！」

「はあ？　何云ってんの？」

大人たちの後ろで成り行きを見守っていた麒麟は、さも軽蔑したような声を出した。

「そういうの、ありえないでしょ。おれ、他に好きな子居るし」

「え?」

沙彩はよほどショックだったものか、足をもつれさせてよろめいた。

育雄は一度爆発したらエネルギーが切れたのか、黙って奈央を背負うと、クルマを停めた場所までとぼとぼと歩きだす。皆は育雄にならったように、口を閉ざした。

奈央はひどく疲れていて、早く風呂に入りたかったし、他に考えたいこともあったので彼らの沈黙はありがたかった。

(お父さんにおんぶされたなんて、十年ぶりくらいかなあ)

楠美くんは、どこに行ったのか?

百年一組は、どこに行ったのか?

学校に居たはずなのに、どうやって村はずれのこんな場所まで来れたのか?

疑問は何日経っても解決せず、奈央は体が回復してこうして授業を受けている。

大谷沙彩のしたことについては、奈央が頼み込んだ結果、不問のままで済ませることになった。自分が傷害事件の被害者となり、沙彩を加害者として訴えるなんて、奈央にはそんな覚悟がなかったのである。

先生がチョークで板書する音が、時計の秒針の動きに重なる。チョークが短くなり、爪が黒板にこすれてイヤな音を立てた。背筋に寒さが走って、奈央の意識の中に、あの百年一組の情景が浮かんできた。

（だるまさんがころんだ、だるまさんがころんだ、だるまさんがころんだ――）

奈央は固く目をつぶると、十文字丈太郎から教わった魔除けの呪文を唱える。

胸の中から不吉な風景が消え、奈央は廊下側の最前列からクラスの人数を数え始めた。

一人、二人、三人、四人、五人――十九人。

（そうなのよ、十九人なのよ）

二十人目の楠美くんは居ない。だったら、楠美くんとは何者だったのか。

奈央は先生の声を右から左へと聞き流し、教科書にはさんだ新聞の切れ端を、こっそりと開いた。先月、十文字邸のふすまの下張りの中から剝がして来た、古い新聞記事だった。

――明治三十七年、行政区再編のため竜胆市が周辺市町村を合併した際に、こよみ村は分離独立した。市町村合併ならぬ、市町村分離だった。これは、竜胆大学・楠美周一郎博士と、こよみ村地区による怪しげな実験に、他地区の人たちが賛同しなかった結果だ。

(明治三十七年ねえ……)

奈央はノートの端を破り、『うちのクラスに楠美くんて人、居たことある』と書き込む。それを小さく折って、斜め前の麒麟の机まで飛ばそうとしたら、先に麒麟が似たような紙きれを放ってよこした。

『気を付けろ！』

麒麟からのメッセージを読み終えて顔を上げたら、教壇からこちらを注視する先生と目が合ってしまった。

「湯木さん、前に出てこの連立方程式を解いて」

あれ？

今、英語の時間じゃなかったでしたっけ？

こよみ村に巣食う魑魅魍魎と対決したら、記憶があいまいになっちゃって。

思わず口に出したくなる云い訳を飲み込んで、のろのろと黒板に向かうと、前の席の麒麟が「だから気を付けろと云ったのに」とつぶやいて、口の端で笑っているのが目に入った。

「あんたのせいじゃん」

麒麟の横をとおりざまに小声で云い返し、ふと窓外に目をやる。

晴天の下で校庭の土まで光っていて、その真ん中にあの少年が——棒っきれみたいにひょろひょろとした長身で、特徴ある坊ちゃん刈に黒ぶちメガネの――楠美くんが立っていた。

（え？）

慌てて目を凝らすとその姿は消えている。

（判らないことだらけで、少しも解決してないんだ）

奈央は黒板の前に立って、しばしチョークの白い数字を眺めてからぺこりと頭を下げた。

「今回は、降参です」

第四話　アイドルはだれだ

1

夏休みが近い土曜の夜、竜胆市に住む元クラスメイトの静花から電話がかかってきた。

「明日、奈央ンとこのおばさんが、そっち行くかも」

「お母さんが？　どうして？」

炭酸飲料のプルタブを片手で器用に起こし、風呂上がりの髪の毛をタオルでぼさぼさと拭きながら、奈央はのんきな声を出した。

「奈央のこと、竜胆市に連れ戻しに」

「はあ？」

「実は、わたしのせいなのよ」

電話の向こうでも、静花が飲み物のプルタブを開ける音がする。「せいなのよ」の語尾がモグモグとあいまいになったのは、気まずさをごまかそうとしたせいか、それとも話しながら何か飲んでいるせいか。

「実は今日ね、麒麟くんからわたしに電話がきたわけよ。それがいろいろ大変な内容だったから――」

「ふむ」

――や、元気？

麒麟の声がちょっと緊張しているなと思ったら、突然に驚くことを云い出した。

――湯木のやつがさ、このあいだ熱中症であぶなく死ぬところだったんだ。

――やだ、ちょっと、それなに？　奈央からそんなこと、全然聞いてないよ、わたし。

――実はさ。

クラスメイトの意地悪で学校のゴミ置き小屋に閉じ込められた奈央が、なぜか村はずれの資材置き場から助け出された。その日は折悪しく一足早い真夏日となり、せまくて暗いゴミ置き小屋の中で、奈央はあやうく熱中症になりかけた。

「大丈夫だったの、奈央？」

「平気、平気。それより、麒麟のやつ、なんだってそんなことをわざわざ話したのかな。わたし、口止めしてたのに」

「どうして口止めなんかするのよ？」

静花は不思議そうな声を出す。

「大谷さんのことを責めたって、良い結果にはならないと思ったから」

「そのいじめっ子、大谷さんっていうんだ？　でも、どうして？」

奈央としては、なるべくことを荒立てたくなかった。

こんな小さな村では、一部始終が知れわたったら、とてつもなく面倒くさいことになるにちがいない。

だから表向き、奈央がゴミ置き小屋に閉じ込められたのは、自然に外の鍵がかかってしまった不運な事故、ということになっている。真相を知っているのは、奈央を助け出した育雄と役場の総務課長と麒麟、そして大谷沙彩だけだ。助け出された奈央は、今回のことは他言しないようにと、その場で一同に約束させた。

「その大谷さんて子、今はどうしてるの？」

「ああ、うん」

奈央があやうく死にかけたというショックで、打ちのめされてしまったらしい。いじめっ子だった大谷沙彩は、事件以来すっかりおとなしくなってしまった。

教室に居てもこれまでのように溝江麒麟になれなれしくしたり、奈央にとげとげしくしたり……なんてことは一切なくなった。自分の席でシュンとうつむいて、お昼や休み時間も友だちの輪から外れていることが多い。

「自業自得じゃない」

「静花、けっこうきびしいんだ」

「当然だよ。聞いたときは、頭に来て、居ても立ってもいられなかったってば」

そんな中、麒麟の電話は本題に移ったのだという。

「本題って？　わたしの災難は話のマクラか？」

「実は、そうだったみたい」

——ところで、話が変わるんだけど、もしよかったら……。

麒麟の声の調子が変わった。急に言葉がのどに詰まったように出てこなくなったのだ。

一方の静花は、たった今聞かされた事件のことで、もう続きを聞くどころではなかった。

——小川さん、あの……。おれと付き合ってほしいんだけど。つまり、きみのことが、好きなわけでして。

——は？

普段だったらもう少し思いやりのある受け答えもできたはずなのだ。けれど、静花の頭は奈央の身に起きたことを考えるだけで精一杯だった。だから、麒麟の告白への返事は、必要以上にそっけなかった。

——あー、ごめん、無理。わたし今付き合ってる人居るから。ハンドボール部の男子に告白されて、けっこうタイプかなあと思ってオッケーしちゃったんだよね。

「なにそれ、静花って彼氏できたわけ？」

これまでの深刻な口調が自然にほどけて、奈央は甲高い声を出した。

「うん、できた。黙ってて、ごめん」

くだんのハンドボール男子は、名前を聞いてみると奈央も知っている人だった。筋肉が詰まったガッチリくんである。皮肉なことに、どこか腺病質な麒麟とは正反対のタイプだ。

「でも、静花はこよみ村の松浦さんが好きなんじゃなかったの？」

松浦は、少女漫画に出てきそうな美男子である。松浦が好きなら、麒麟も同じくくりに入るのではないか？

奈央の頭の中に、数学で習ったベン図が浮かんだ。『静花のタイプ』と名付けられた集合の中で、麒麟と松浦の名はわりと近くに配置されている。となりにある『奈央のタイプ』という輪の中には、大きな『？』が書かれていた。

「前にこよみ村に来たときも、あんた、松浦さんが良いって云ってたでしょ」

「うん、松浦さんは好きだよ。イケメンで美形でハンサムだもん。でも、もう大人だし、カテゴリーとしては『あこがれの人』ってところかな」

「じゃあ、麒麟は？」

「麒麟くんは、どう考えたって友だちでしょう」

「なるほど、友だちか——なるほど」

麒麟への同情で言葉につまっていた奈央だが、急にこの電話の最初の話を思い出した。

「ところで、うちのお母さんがこっちに来るって、どういうこと？　わたしを連れ戻しに来るって、ひょっとして……」

「ごめん、わたしがしゃべっちゃったのよ」

麒麟との電話を終えた静花の頭の中には、たった今、男子に告白されたという事実をはるかに凌駕して、親友の身に起きた災難が大きなうずを巻いていた。すぐに奈央に電話したのだが、出なかったために、思い余って母の多喜子に連絡してしまった。

「今日は子ども歌舞伎の練習で、わたしだけ居残りだったんだ」

「てことは、松浦さんと二人きりで居たの？　いいなあ、いいなあ」

恋多き女は、そんなことを云っている。

「それより、電話したら、うちのお母さんはどうだった？」

「うん。逆上してました」

「逆上——」

娘の災難について何も知らされていなかった多喜子は、怒りくるった。まずは娘の身に一大事が起きていたこと。娘のそばに居た夫から、多喜子へ何の連絡もきていないこと。下手人が、罰せられもせずに、いつもと変わらない生活を続けているらしいこと。

「そういうわけですから、明日、おばさんがそっちに行くと思う」

「判った。覚悟しとく」

電話を切ってから、奈央は気を取り直して炭酸飲料を一気飲みした。

明日は明日の風が吹く。

それよりも、静花や母も知らないことが、奈央の意識の表面に浮上してきた。

資材置き場から助け出される直前の出来事——駆け付けた父の育雄も、大谷沙彩も麒麟も平野も知らないことだ。

(あの変てこな人と、変てこな場所)

学校のゴミ置き小屋を出て、村はずれの資材置き場で皆に見つけてもらうまでの間、奈央は怪奇現象を体験していたのだ。

楠美くんの登場から百年一組の幽霊教室に入れられるまでの出来事は、予言暦をめぐる一連の事件とつながりがあるのではないか。

今になって、奈央はそんなふうに考えている。

(あの楠美くんって、催眠術研究の楠美博士と関係あるのかも知れない)

楠美くんについては、本人も云ったとおり、クラスには存在していない子だった。

——うちのクラスに、楠美くんって男子居たっけ?

そう尋ねる奈央に、クラスの皆はゴミ置き小屋の熱のせいで、まだちょっと混乱しているのだと同情してくれた。

——そんな子、居たことないよ。

——湯木さん、大丈夫？　まだ気分良くないの？

もとより、敵はしっぽを摑ませない自信があったからこそ、あんなふうに出てきたのだろう。皆の同情は少なからず奈央のプライドを傷つけたけど、むきになって自分の体験をしゃべりまくるほど、お子ちゃまではない。

（そもそも敵って、だれがどういう感じに敵なのかしら）

部屋の明かりを消して窓を開けると、空いっぱいに星が見えた。初夏の風が風呂上りの汗をかわかして、部屋の中に流れ込んでくる。こっちに来てからお馴染みになった花のにおいと堆肥のにおいが、風の中にかすかに混ざり込んでいた。

＊

朝早く、母・多喜子は軽乗用車をブッ飛ばしてこよみ村にやって来た。

途中、スピード違反の切符を切られたらしいが、多喜子はそんなことは毛ほども気にとめていないようだった。

「どうして、わたしに黙っていたのよ！」

多喜子の怒りで、家じゅうの空気がピリピリと緊張している。

少しでも身じろぎなどしたら、怒りの火の粉がこちらに飛んでくるのが必定なので、奈央はさっきからトイレに行くのも我慢していた。

いや、トイレに行くと云ってこの場を逃げ出し、そのまま二階の勉強部屋に立てこもってしまおうか。

いやいや、そんなことをしたら、部屋に強行突入されて、勢いにまかせて竜胆市に強制送還されかねない。

「こんな怖ろしい村に、奈央を住まわせるわけにはいきません。今日はあの子を、連れて帰りますから」

案の定、そんなことを云っている。

「ゴミ置き小屋に閉じ込められて、あやうく熱中症になるところって――。それって殺人未遂じゃないの、立派な傷害事件じゃないのよ。それで、父親のあなたはよく平気な顔をしていられるわね」

いや、育雄は平気な顔なんかしていなかった。

このおとなしい父は、奈央を助け出した後、一生に一度の権幕で、多喜子と同じことを云ったのである。事件に目をつぶっているのは、他ならぬ奈央に頼まれたためだ。けれど、多喜子にしてみれば、少しも納得できなかった。

「こんな大変なことを、中二の娘の判断にまかせて、どうするの。どうしても警察に行かないって云うんなら、あなたの村長としての権限で、その悪い子どもの一家を村八分にでもしちゃいなさい！」

「ええとね。こよみ村の村八分ってのは、村の賢者が務める立派な仕事で、皆に尊敬もされているんだよ」

ようやく口をはさませてもらった育雄だが、多喜子にはものすごい目でにらまれた。

「こよみ村のローカルルールのことなんか、興味ありません。こんな怖ろしい村に奈央を置いておけないわ。すぐに連れて帰ります」

多喜子の主張はブレもなく振り出しにもどり、奈央は困ったことになったと思った。

(でも、わたしは何を困っているんだろう)

元よりこよみ村には、育雄が単身赴任する予定だった。それに奈央がくっついて来てしまったのは、育雄の政敵である十文字丈太郎と下手に賭けなどしてしまったせいである。

——きみのお父さんが村長になったら、きみもこの村の子どもになりなさい。こよみ村の中学校に転校してくるんだ。

——いいですよ。

軽く請け合ったのは、育雄が当選するはずなどないと高をくくっていたためだ。奈央にとっても十文字にとっても大いなる番狂わせで、育雄はこよみ村の村長となり、奈央は落とし前でもつけるみたいに、この田舎の中学に転校してきたのだ。

今度は、親の都合で無理やりに竜胆市に戻される。

この大義名分さえあれば、十文字に対しても義理が立つ。

(義理が立つなんて、わたしも古いこと考えちゃって)

そんな風に思ってみて、奈央はふと首をかしげた。

(お母さんが来てくれたことは、竜胆市に戻るチャンスなんだから、わたしってば、どうしてもっと喜ばないのかしら。——喜ぶどころか、むしろ困ってるじゃん)

こよみ村にどんな未練があるのかと、この三ヵ月あまりのことを思い出していたら、玄関の戸が鳴った。亡き祖父の懐古趣味の真鍮ベルが、多喜子の険しい言葉の間げきをついて、のんびりとした音を立てたのだ。

「ごめんくださーい」

麒麟の声である。

そもそもが多喜子登場の元凶である少年は、失恋の痛手を感じさせる、どこか投げやりな声で呼ばわっている。

「村長さん。うちの母親から、いつもの差し入れでーす。今日はニンジンケーキでーす」

奈央は目だけを動かして、両親の顔を交互に見た。

うちの母親から、いつもの差し入れ――というところが、マズイのだ。いくら尻に敷いた夫であれ、円満別居中であれ、よその子の母親からいつも差し入れをされているという事実が、多喜子にとって愉快であるはずはない。しかも、今日に限っては、自分だけが娘の一大事を知らされていなかったという折も折だ。

「はいはい、ただいま」

育雄は、あぶらを絞られっぱなしのこの場面から抜け出せると思ったのか、そそくさと立ち上がった。

「ねえ、お母さん。溝江アンナさんって知ってるかい？　元アイドルのシングルマザーなんだ。息子さんが、いつもアンナさんの手料理を差し入れてくれるんだよ」

（あちゃ。お父さん、馬鹿ですねー）

奈央は思わず両手で頭を押さえた。

「溝江アンナ、知ってるわよ。従兄《いとこ》がアルバムを何枚も持っていたもの」

ヤンヤンヤーン、レッドヤーン。

多喜子は細くて甲高い声で、溝江アンナのヒット曲『初恋ドキン！』を歌った。

「元アイドルのシングルマザーなら、さぞかし魅力的な方なんでしょうね。あなたは、そんな人に、いつもいつも差し入れをいただいているわけ。なるほど、わたしが居なくても平気なわけね」

「平気なわけないだろう？　竜胆市に残るって云ったのは、きみの方じゃないか」

育雄のこの言葉が、多喜子のヘソを変な方向に曲げることになる。

――麒麟くん、いつもありがとう。アンナさんによろしく伝えてくださいね。

――いえ、村長さんこそ、いつも母の個性的な料理に付き合ってもらって恐縮です。

奈央が育雄と一緒に玄関まで出向かなかったのは、麒麟に腹を立てていたからだ。なにしろ、麒麟は己の恋に目がくらんで、奈央が閉じ込められた事件を誰にも云わないという約束を忘れてしまったのである。そうは云っても、怒りをたぎらせている多喜子と居間に二人きりで居るのは、つかの間のこととはいえなかなかにキツイ時間であった。

（この世で一番に苦手なものは、親の夫婦ゲンカだわ）

こっちだって世に云う『むずかしい年ごろ』なのだ。いっそ、一番先にキレちゃおうか。つまりグレちゃおうか。奈央がそんなことを考えているところに、育雄はもどって来た。

「あれ？」

ニンジンケーキを両手に持つ育雄は、ちゃぶ台の前でこれ見よがしにくつろいでいる多喜子の姿に面食らった。今にも奈央を連れて竜胆市に引き返す勢いだった多喜子は、落ち着きはらった所作で三人分のお茶を淹れると、頬と口だけで挑戦的に微笑んでみせる。

「気が変わったわ。今日からしばらく、わたしもこっちで暮らしますから。そのつもりで」

＊

「奈央。ちょっと、いいか？」

階下の騒ぎが収まったあと、育雄が声を殺して奈央の部屋の戸をノックした。

「え、なに？」

多喜子のことで愚痴を聞かされるのかと思い、奈央は身構える。父にしろ母にしろ、相手への鬱憤《うっぷん》を子どもに聞かせるのは反則だ。奈央としてはどちらか一方の味方をするわけにはいかないのだから、そんな話題は苦痛以外の何ものでもない。

「愚痴なら、松浦さんかアンナさんにでも聞いてもらって」

「いや、公平な第三者の意見が聞きたいんだ」

強引に部屋に入って来た育雄を、奈央はじろりとにらんだ。

「離婚届なら役場へどうぞ。わたしがどっちと暮らすかは、アミダくじで決めて」

「何の話だい？」

ノートパソコンを抱えた育雄は、面食らって立ち尽くす。

「離婚の話じゃないの？」

「え、そんな、まさか」

後ずさった育雄はゴミ箱につまずいて、転びそうになった。

落としかけたノートパソコンを、奈央は慌てて受け取る。開けた状態のディスプレイには、いかにも素人が手作りしました、というデザインのウェブサイトが表示されていた。

「『こよみ村・非公式・選挙管理委員会』？　なんですか、こいつは」

奈央はパソコンを机に置き、『ウェブ投票！　次期村長選予想』というアイコンをクリックした。

「村長になってもらいたい人、第一位、溝江アンナ。第二位、十文字丈太郎」

読み上げてから、奈央はもう一度「なに、これ」と尋ねる。

くだんのサイトには、管理者が「独断と偏見で」（と、本人の注釈つき）選んだ候補者の横に投票ボタンが付いていて、だれでも一票を投じられるシステムになっているようだ。しかし、そもそもこよみ村の村長選挙なるものに、関係者以外のだれが興味を示すというのか。

「このウェブサイト、村長選挙が終わった直後に作られたみたいなんだけど」

サイトの存在を教えてくれたのは、例によって役場の平野だった。このコンテンツが置かれているのは、政敵・十文字丈太郎と親しい竜胆市のプロバイダらしいことも、平野は突き止めていた。

「つまり、これは十文字さんのPR用サイトなわけ？」

「建前上は、匿名の物好きによる趣味のサイトってことになっているみたい」

「う〜ん。お父さんの当選直後にこんなの作るあたり、挑発的だね」

「村長になってもらいたい人ランキングは、ずっとアンナさんが一位なんだそうだ」

くだんのページに、「独断と偏見で」選ばれた次期村長候補の中、湯木育雄のランキングは最下位だった。意外なところでは村八分の松浦が、二位の十文字丈太郎に迫っている。

「結局のところ、お父さんのことは置いといて、反十文字派の躍進を宣伝しちゃってるのね。だったら、そのうちクローズされるんじゃない？」

「でも、その置いとかれてるぼくが、けっこう気にしていたりするわけ」

「気にするか？　だって、超ローカルな村の妄想選挙サイトでしょ？」

「その超ローカルな村の当事者には、つらいんだよ。なんだか、ないがしろにされてる気がして」

「あー」

奈央は、ガシガシと頭をかいた。

「お母さんにやいのやいの云われるのと、このサイトでないがしろにされているのと、どっちがつらいわけ」

「どっちも」

「じゃあ、いい方法がある」

奈央は右手の親指を、顔の横でククッと傾げた。

「お母さんに文句を云われたときは、このサイトのことを思い出す。このサイトでないがしろにされているのが気になったら、お母さんにやりこめられたことを思い出す。そうするといつだって、一番痛い傷を忘れられるってもんよ」

「…………」

育雄はしばらく考え込んだあと、驚いたように奈央を見つめた。

「すごいなあ、奈央」

「それくらい、普通よ」

奈央はノートパソコンを閉じて、育雄を部屋から追い出す。

あらためて自分のパソコンを立ち上げると、もう一度『こよみ村・非公式・選挙管理委員会』を開いた。学校の課外授業でならったインターネットの入門書を、ひざの上に置く。

「ええと、確か……」

画面上で右クリックして、ページのソースを表示させる。このページのプログラムを記した、ウェブコンテンツの舞台裏みたいなものだ。その上部に書いてあるメタタグというものを目で追った。

Homepage School Version 7.1

「ふむ」

このウェブコンテンツを作ったソフトの名前である。

「このソフトが十文字さんの書斎なんかにあれば、ちょっとは追及できるだろうけど」

ひとりごちる奈央は、しかし考えの途中でかぶりを振った。

「いや、追及なんか無理」

同じソフトを、どれだけ多くの人が持っていることか。このサイトが十文字の差し金でアップロードされたものだとして、まさか自分では作らないだろう。たとえ十文字丈太郎が自作したものだとして、どんな罪に問えるというのだ。

(だけど——)

このパソコンソフトを、どこかで見たような気がした。

それがどこだったか。

思い出せない記憶は、かゆいようなもどかしさで頭をうずかせた。

＊

多喜子が湯木勘助邸に居ついて、一週間が過ぎていた。

当初は汲み取り式のトイレが別居の理由ということになっていたが、多喜子は別に苦にする風もなく湯木勘助邸の和式汲み取りトイレを使い、平気な顔でトイレ掃除もしていた。

朝、昼、晩と食事の用意をして、家の中をピカピカに掃除して、田舎ならではの濃い近所付き合いもソツなくこなしている。

それに加えて、多喜子はこころなしか竜胆市に居たころよりきれいになった。外出の用事でもなければいつもスッピンだったくせに、こちらに来てからはうす化粧を欠かさず、洋服だってちょっとセンスアップした。

(アンナさんを見習ってるのかな――それとも、張り合ってるのかな)

でも、家の中の張りつめた空気は、多喜子の電撃訪問のときからずっと続いたままだ。

(これは、たまんないなあ)

内心で悲鳴を上げていたのは、奈央も育雄も多喜子も同じだったはずだ。

(人にはそれぞれ、ふさわしい距離感というものがあるのよ。うちの両親は別に不似合ではないけれど、物の考え方も価値観も美意識も違い過ぎる)

奈央はピリピリした居間でテレビの電源を入れて、チャンネルを切り替えた。

（いや、そもそも、考え方とか価値観とか美意識ってものが、お父さんにはないよなあ。お母さんには、それが人一倍あるのよね。——アイデンティティがないってのも、強烈な個性なのかな。だから、一軒の家の中に居るには、お互いに精神的な距離感が必要ってわけ）

竜胆市の家は狭かったが、こよみ村の湯木邸に居るよりは楽な気分で過ごしていた。都市で暮らす人はお互いが離れたがり、田舎の人はくっつきたがる。密集した空間に居れば、意識だけでも外を向いていないと窒息してしまうし、開放された空間に居ればお互いに向き合っていないと意思疎通ができないからだ。

どちらにしたって慣れている人には平気だけど、都市から田舎に来た湯木夫婦は互いの距離の取り方が下手だ。多喜子が来て以来、湯木邸の空気が変に濃密だったり、反対に互いから逃げ出そうとしていたりして、それで家族三人ともが落ち着かないのだ。

育雄が村長選挙に立候補したときからのわだかまりが、いまだに修正できていないのも、ギクシャクした空気に拍車をかけている。要するに湯木家の三人は、お互いの胸の内が読めなくなっているのだ。そんなだから、多喜子としては、元アイドルのシングルマザーが育雄の世話を焼いているという事実に、危機感をもったのかも知れないが——。

（お母さん、それは気の回しすぎ）

リモコンのボタンを押すと、テレビの画面が切り替わった。

地元民放の生放送に、見たことのある風景が映ったと思ったら、それは溝江アンナの家のキッチンだった。

(あれ？　どうして？)

奈央は目をぱちくりして両親を振り返ると、二人とも同じ表情でテレビを見つめている。

「そっか、アンナさんはタレントだから、テレビに出たりするんだ」

画面の中のアンナは普段より五割増しくらい華やかな笑顔で、田舎暮らしのポリシーを語っていた。フリルをふんだんに使った白いエプロンが、アンナの好む原色のワンピースに映えている。

――人はもっと、自然と寄り添って生きてゆくべきだと思っています。自分の食べるものを自分でつくる。それこそが都会人の忘れかけた、人間本来のありかたでしょう。

アンナの声を残して、カメラは昼食の支度をする手元へと移動する。

音楽が流れ、画面は溝江家の花壇から南岳の遠景へ移動して、庭へと戻って来た。

そこには、いつもより少しめかしこんだ麒麟が、さりげなさを装ってガーデンチェアに腰掛けている。ところどころ擦り切れたジーンズをはいた細長い脚を、放り出すようにして座る麒麟は、なかなかサマになっていた。

（麒麟ってわりかし格好良いのに、それでもダメですか、静花さん）

奈央が煎餅をパリンと割ったと同じタイミングで、インタビュアーが麒麟に質問をした。

――麒麟くんは、お母さんのスローライフについて、どんな意見を持っているのか聞かせてくれる？

――ええ。

麒麟は返事とも咳払いともつかない声で小さくうなって、肩の力を抜いた。視線をカメラから、地面へと移す。カメラもそれを追って、ちょこまか働いている蟻を映し出した。

――自然の中で暮らすってのは、本来ならば泥くさくてなんぼ、だと思いませんか？

たとえば、マタギっているでしょう？

――山で狩りをして生計を立てる人だね。昔からの伝統やルールを守って暮らしている。

――ええ。マタギの暮らしって、山と本当の意味で共生していて、それが格好良い。反対に、ぼくらみたいに都会の生活になじんだ人間が、付け焼刃で田舎暮らしをしても、ずっとここで生きてきた人たちからみれば、お笑いぐさなんじゃないかなあ。

――ええっと、麒麟くん？

インタビュアーのちょっと困ったような声が入るが、麒麟は気にとめなかった。

――前にテレビで観たんだけど、自然の中で子育てしているっていう夫婦が、よちよち歩きの赤ん坊を草むらに放ったらかしにしていたんだ。その子、手当りしだいに草をむしっては、口に入れている。両親は得意げに見ているだけなんだよね。口に入れたのが、もしも毒草ならばどうするんだろう。

――そうだね、心配だね。

インタビュアーは知らず知らずのうちに麒麟の話に引き込まれている。

――むかしの田舎の人は、自分たちが農作業するときなんか、その年頃の子どもを嬰《え》児籠《じこ》って籠に入れてた。赤ん坊が一人で危ないことをしないように、目が届かないところで勝手に動き回らないように工夫していたんだ。

――麒麟くんは物知りなんだね。

――赤ん坊に草を食わせて笑っているような親はね、いっぺん自分がトリカブトの毒にでも当たって、それで自然の怖さってのを思い知ればいいんだよ――。

麒麟の話の途中で、画面はＣＭに切り替わる。

麒麟に似た年頃の若いタレントが、満面の笑みでヨーグルトを食べるシーンに、可愛らしいアニメーションが重なった。

湯木家の茶の間では親子三人、毒気を抜かれたような面持ちでお互いの顔を眺めた。

「麒麟くん、いつにも増して機嫌が悪いなあ」

「あの子に比べたら、うちの奈央は育てやすいわ」

「そう。お給料を、もらいたいくらいです」

「やあねえ、奈央ったら。何云ってんのかしら」

久しぶりに和《なご》んだ空気の中に居る湯木親子をよそに、テレビの中ではアンナがお茶のしたくを始める。以前、溝江家を訪れたときに奈央がカモミールティーをごちそうになったぽってりとしたカップに、褐色の液体がそそがれた。

――これはゲンノショウコという薬草を煎じたお茶です。胃腸に効く薬草として、むかしから日本人に愛されてきたんですよ。

テーブルに一人で向かうアンナは、きれいなしぐさでカップを持ち上げ、両手で抱えるようにして口に運んだ。風のように静かに流れだしたBGMが、アンナの横顔に重なる。

不意に、その横顔がゆがんだ。

「あれ？　アンナさん、おかしいよ」

思わず立ち上がったのは、祖父の家のテレビが大きくて、画面の中で起きていることがやけにリアルに感じられたからだ。

いや、リアルに感じられた、などというものではない。

それは生放送で流れている現実なのである。

アンナの手からお茶のカップがこぼれると同時に、テレビカメラ向けの笑顔は苦悶の表情に変わった。

カメラマンが反射的にその表情を大きく映すあいだにも、アンナはイスからくずおれ、キッチンの床に倒れ込んでしまう。

「ぼく、ちょっと行ってみるよ」

育雄が、あせったように立ち上がった。

一軒一軒の敷地は都市の感覚だと大邸宅並みに広いけど、ともあれアンナの住まいは近所だ。駆けていけば、数分でたどり着く。

廊下に続く敷居をまたいだとたんに育雄の携帯電話が鳴ったのは、きっと役場の総務課長からだろう。中学校まで同級生だったらしい育雄と平野は、今でも親分子分の関係にある。もちろん、育雄の方が子分だ。

「わ――わたしも」

電話を受けながら玄関を出る育雄を追って、多喜子が立ちあがった。

（こういうときは、息が合うのよね）

おそろいの健康サンダルで駆けて行く両親の後ろ姿を追いながら、奈央はつぶやいた。

当然のように鍵はかけないままで、奈央も溝江家のある方角へと駆けだす。

（家の鍵を掛けないで外出できる環境って、都会の人から見たら、やっぱりユートピアだと思うなあ）

田舎に関してシビアなことばかり云う麒麟に、奈央は内心で反論した。

2

アンナは竜胆市立病院に運ばれて、そのまま入院することになった。テレビ放送中に煎じて飲んでみせたお茶の中に、猛毒のトリカブトの葉が混入していたらしい。量が少なかったため、命に別状がなかったのは幸いだった。

しかし、この薬草茶事故は、テレビで生放送されてしまったことに加え、溝江アンナ本人が有名人であったから、いろいろな波紋が広がった。

事故なのか、事件なのか。

事故だとしたら、アンナのスローライフにミソが付く。

事件だとしたら——。

つい最近まで『仮面を脱いだ占い師、マヤ・マッケンジー』の復活を追っていたワイドショーは、一変してアンナの薬草茶事故へと方向転換した。

その震源地であるこよみ村は、東京からワイドショーの撮影クルーが来たり、週刊誌に記事を売っているライターが溝江家の周辺を訪ね歩いたりして、かつてないスキャンダルに振り回されることとなった。

中でも渦中にまきこまれたのは、息子の麒麟である。

問題のテレビ放送で、麒麟は母親得意のスローライフを、痛烈な言葉で批判した。

――赤ん坊に草を食わせて笑っているような親はね、いっぺん自分がトリカブトの毒にでも当たって、それで自然の怖さってのを思い知ればいいんだよ――。

この直後に、薬草茶を飲んだアンナが、倒れてしまったのである。

しかも、その原因がトリカブトによる中毒だと判明した後は、麒麟の発言は犯行予告だったのではないかという憶測まで飛び出した。

これはインターネットでは定説となってしまい、『少年Kの心の闇』などと先走るサイトまで出現した。アンナの前夫を引き合いに出すものもあり、アンナの昔のグラビアに心霊が写りこんでいるなどと、変な方向に脱線する記事まで現れた。

「うちの母親も、まだまだいけてるって感じですかね」

相変わらず皮肉っぽい麒麟だが、過熱するマスコミから逃げるようにして、湯木家で寝起きすることになった。タイミングが良かったのか悪かったのか、学校は夏休みに入っている。アンナは入院して家には中学生の麒麟が一人きりだし、溝江母子には近しくしている親戚が居なかったからだ。

同じ理由で、アンナの入院の手続きから身の回りの世話まで、すべて湯木夫婦が買って出た。

「何から何まで、ご面倒をおかけします。これもすべて、おれたち親子の不徳の致すところで……」

麒麟は湯木邸の広い居間で、不祥事を起こした政治家みたいなことを云って、頭を下げた。

「いえいえ。困ったときはお互いさまですから」

育雄がなにげなくテレビをつけると、ちょうどワイドショーがアンナの薬草茶事故の続報を流していた。

――関係者への取材によりますと、溝江アンナさんの容体は安定していて、念のためもうしばらく入院して様子を見るようです。

取材された関係者とは、母の多喜子かも知れない。アンナへの対抗心から一時的によみ村で暮らすことを決めた多喜子だが、今は入院中のアンナの世話をするために竜胆市に戻っていた。

――トリカブトの若葉はゲンノショウコとよく似ているので、間違えるケースはままあります。ゲンノショウコ自体は大変に良い薬草で、その効能は――。

テレビ画面の中では、植物学が専門の大学教授がしゃべっていた。

育雄は、チャンネルを変えてから電源を切る。

「今日はぼくも時間があるから、皆でアンナさんのお見舞いに行かないか？」

奈央と麒麟の返事を聞くより先に、育雄はクルマのキーを持って車庫に向かった。

＊

アンナは回復していた。

そして、多喜子とすっかり意気投合していた。

意気投合というよりも、多喜子という熱心なファンを得たといった方がよいかも知れない。

多喜子は退屈している病人の話相手になるのだと云って病棟に通いつめ、すっかりアンナに感化されてしまった。麒麟が笑う『にわかスローライフ』に傾倒して、『にわか&にわかスローライフ』を実践しはじめているようだ。

「三人とも、よく来たわね。さあ、ほら、これを飲んでみて」と、多喜子。

「多喜子さんがお庭から摘んできたのよ」アンナも、身を乗り出して勧める。

「うちの庭、何か植わってたっけ」

建売住宅の狭い花壇のようなものを思い出して、奈央は首をかしげた。

そこに差し出されたうす茶色の液体を口に含んで、あまりに不味《まず》くてむせてしまう。

「ちょっと、お母さん、なにこれ？」

「なんだと思う？」

アンナの弟子として、多喜子が最初に目をつけたのが、自宅に生えていたドクダミだった。生のままの葉っぱを煮出した美味しくない液体を病院に差し入れして、アンナと二人で嬉しそうに飲んでいたようだ。薬草茶の誤飲事故の後だというのに、肝の太いことだと奈央は感心する。

しかし意外なことに、麒麟は平気な顔をして飲んでいた。

「心頭滅却すれば、ドクダミもまた美味い」

奈央にだけ聞こえる声でそうつぶやく麒麟は、心なしか顔色も良くなったように見えた。それはドクダミの薬効で元気になったというより、アンナの容態が良いので安心したのだろう。

狭い個室でおしゃべりを楽しんだ後、昼食が運ばれてきたタイミングで奈央たちはイスを立った。かいがいしく食事のトレイを受け取る母に目の端であいさつをして、奈央たちは病院を出る。

そこから直線距離にすれば少しも遠くないこよみ村まで、育雄の小さいクルマは回りくどい道順をたどって帰り着いた。

「竜胆南バイパス道ってのが出来たら、三十分もかからないのになあ。いくら自然保護だからって、今どき、陸の孤島のユートピアなんて時代でもないでしょうに。郵便配達や宅配便なんか、どれだけ苦労していることやら」

育雄の口から、つい本音がこぼれている。

後部シートの二人は、これはこよみ村にとってひどく微妙な話題だと知っていたから、他に聞く人が居るわけでもないけれど、返事をせずに黙っていた。

そのとき、奇しくも、育雄のぼやきに呼応するような事態が、留守のうちに起きていた。

報せをもって湯木家の門前で待ちかねていたのは、役場の総務課長・平野だった。

「育ちゃん、携帯電話の電源くらい入れておけよ」

幼稚園から中学校まで、育雄の親分格だった同級生の平野は、こちらが村長になってもあまり態度を変えるふうがない。育雄も、みそっかすだった立場からあまり成長した様子もなく、携帯電話を取り出して着信を確かめている。

「ごめん、ごめん。病院に行ってたから、電源を切ってたんだ」

「ああ、アンナさんの見舞いか」

平野は納得顔でうなずいてから、改めて眉間にしわを寄せた。

「十文字丈太郎が、竜胆南バイパス道の建設予定地を、軒並み買収していることが判ったんだ」

「え？」

クルマの中で思わずぼやいたことが、現実になりかけている。

育雄は、奈央たちから見ても判るくらいに顔をひきつらせた。

（お父さん、今、予言暦のことを考えたのかな？ というより、予言暦なしに、自分で予言みたいなことを云っちゃったって思ってるとか？）

こよみ村には、むかしから予言暦という不思議なものが伝わっていて、村民はずっとそれを守ってきた。村の中で起こることのすべては予言暦に記されていて、育雄が村長に当選したのもやはり予言暦に適ったことだというのが、育雄の支持者たちの意見だ。

育雄の支持者は、予言暦を信じる人たちであり、村の自然保護派でもある。

奈央が父や支持者たちに対して奇妙に思うのは、それほど大切な予言暦なのに、詳しく知る人が居ないということだ。いや、正確には、居るのか居ないのかさえ判らないのだ。

そんな妙ちきりんなものを嫌うのが、十文字丈太郎を筆頭とする開発促進派なのである。

すり鉢の底のような地形のこよみ村に、他市町村と結ぶ幹線道路を建設する。これが十文字の宿願であることは、奈央も当人の口から聞いたことがある。

竜胆南バイパス道の建設はこよみ村だけのことではなく、竜胆市をはじめとする周辺市町村の悲願と云われていた。なにしろ、こよみ村をはさんだ隣町の人が竜胆市と行き来するには、この大きなすり鉢をぐるりと迂回しなければならない。それにやみくもに反対する湯木村長とその一味は、山里の妖怪みたいに思われている。

今回、その妖怪たちの目がアンナの薬草茶事故に向いているすきに、十文字丈太郎は奇襲攻撃を仕掛けてきたという格好だ。

「南岳山麓の畑地を売ったのは、砂田《すなだ》のじいさんだ」

息子夫婦が竜胆市に暮らす砂田のじいさんは、土地を売るタイミングを計っていたようだ。この人は古くからこよみ村に暮らす保守派――湯木勘助の支持者だったが、村長が代替わりしてすっかり失望したのだという。

――勘助さんは立派な人だったが、息子は頼りない阿呆だ。

平野が砂田のじいさんの口調まで真似てその云い分を伝えると、育雄は子どもみたいに口をとがらせた。

「砂田のじいさんに、十文字に土地を売るのを考え直してくれと頼んだんだが、いったん決めると年寄ってのはとにかく頑固で。バイパス道路なんか通った日には、古き良きこよみ村の風景が壊れるんだぞ、と説得してはみたんだが――」

平野は眉間のしわを、人さし指でぎゅっぎゅっと押す。

――大手チェーンのラーメン屋が建ち、ショッピングセンターが建ち、パチンコ屋が建ち、ラブホテルが建ち、その他にもいろんなものが建ってしまうんだぞ。

――結構じゃないかね。

砂田のじいさんは、採ったばかりのラディッシュを作業ズボンでぬぐってから、ぽりぽりとかじった。

――アンナさんが倒れたときだって、もう少しで手遅れになるところだったそうじゃないか。バイパス道路が通っていたら、もっと早く竜胆の市立病院に運べたろうに。

――それは十文字丈太郎の言葉なんじゃないか？

鋭く指摘したつもりの平野に、砂田のじいさんは平然とうなずいてみせた。

――十文字先生が良しとするなら、それは正しい。

砂田のじいさんめ、と平野はうなった。

「敵に寝返りやがって」

「………」

平野は、茫然と聞いていた奈央と麒麟を手振りで追い払うと、最も重要な地権者のところに育雄と連れだって押し掛けた。

最も重要な地権者とは、村の中心から少し離れた三叉路に店を構えるよろず屋である。妻にも逃げられてまるでうだつの上がらないこの中年男は、あろうことか南岳の山林の大半を所有していて、やはりバイパス道の予定地を十文字に売り払ってしまったらしい。

考え直してくれと村長自ら頭を下げたが、よろず屋は腫れぼったい目で育雄の顔を見つめて云った。

「自分の土地をだれに売ろうと、おれの勝手じゃないか。あの山の土地が欲しいなら、あんたらが十文字から買い戻したらどうだ」

よろず屋は売り物のアイスキャンデーを二本取り出すと、育雄と平野、それぞれの手に握らせた。

「ほれ、利益供与だ」

よろず屋が笑うので、育雄たちはあわてて自分の分の代金を置いて店を出た。

＊

はずれ、と焼印で書かれたアイスキャンデーの棒を持って、平野は地団太《じだんだ》を踏んだ。

そこは村八分の松浦の居間で、あまり上等な造りではない家は、地団太に合わせてミシッ、ミシッと揺れた。

「それで、十文字氏を訪ねたんですか？」

「うん、十文字さんの屋敷ってすごいんだよ」

虎の剝製があるんだよと云って、育雄は自分のはずれ棒を顔のわきで振ってみせる。

「育ちゃん、敵の家のことで感心なんかするな」

「ああ、そんなに怒るところからして、旗色が悪そうですね」

松浦は小さな茶碗に玄米茶を注ぎ、茶托《ちゃたく》に載せて二人の前に差し出した。

「うん」

育雄たちが十文字邸に押し掛けると、珍しく在宅していた当人の前に通された。あなどられがちな育雄だが、それでも村長が自ら訪ねて来たのに、門前払いをするのも悪いと思ったのだろう。

しかし、十文字との会見は門前払いをされたのと大差ないものとなった。

平野が土地の買収のことを思いとどまるように云うと、十文字はぷっくりと肉厚の両手でパンパンッと自分の顔をたたき、四股《しこ》でも踏むようにあぐらの両膝に手を置いた。

――思い直したら、あんた方はどうするのかね？　村の予算であの土地を買い占めて、道路を造れんようにする気かね。

図星なので、思わず言葉につまる。

沈黙する育雄をにらんで、平野はこぶしを固めると甲高く云いつのった。

――十文字さん、あんたの支持基盤は、農林業にたずさわる人たちなのに。むやみに開発賛成に回って、自分の身を切るようなもんじゃないか。さては、二束三文で手に入れた土地を、道路建設が始まったら高く売る気なんだろう！

結局のところ、泣き言のような暴言しか云えなかった。

対する十文字は、余裕たっぷりである。

――いつだって、村は変わってゆくんですよ。かつて、あのヘボ学者――あんた方のアイドルが来て、この村を無理やり陸の孤島にしたが、結局、孤島は元の陸地につながるということさ。

十文字の云う意味が、育雄にはよく汲み取れなかった。

「松浦くん、おれは悔しいよ!」

平野は声高に云って、玄米茶を一口で飲んでしまう。

「いや、ちょっと待てよ。前にも十文字のやつ、アンナさんのイベントをダシにして、新聞記者を紛れ込ませたことがあったよな。だったら、今回の毒草事件も、十文字のしわざなんじゃないのか? おれたちの目をアンナさんに向けさせておいて、こっそりと土地を買収するという――」

「いや、平野課長。確かにぼくらは十文字氏の動きを見逃していましたけど、不動産契約の日付はもっと前なんじゃないですか? 契約の前に、交渉だってあったでしょうし」

松浦は平野の説には反対したが、壁にかかった絵を見て嘆息した。

あまり上手くない油絵で、雪渓の形から南岳の春を描いたものだと判る。

「バイパスが通ったら、この美しい景色も損なわれるんですねえ」

「そうだね」

育雄は玄米茶に口をつける。

奈央が南岳の風景を好きなことを思い出すと、育雄も悲しい気持ちになった。

3

「わたしは決して怪しい者ではないんですよ。溝江麒麟くんが、こちらに泊まっていると聞いたので、会ってお話をさせてもらおうと思って」

「今日は両親とも留守なので——」

「お父さん、村長さんなんでしたよね。溝江アンナさんとはどういったご関係ですか？いえ、変なことを考えているんじゃないんですよ」

ショートカットにした髪の毛の上半分が白髪で、下半分を茶色にした中年の女の人が、玄関先でねばっていた。

（途中で染めるのをやめちゃって、カットだけはしているんだな）

奈央は、なかなか帰らない相手に焦れてきて、そんな観察を始めている。

その人は、竜胆市在住だというフリーライターだった。差し出された名刺には職業ともつかないいろんな肩書きが書かれていて、その最初のフリーライターというのだけは意味が判った。

今回の毒草騒ぎをベースに『少年Kの心の闇』みたいな記事を書いて、自分が運営しているウェブマガジンに掲載したいらしい。

「ウェブマガジンだから、お金が目的じゃないんですよ」

半分白髪の中年女は、何度もそのフレーズを繰り返した。お金が目的じゃないんじゃなくて、お金にならないという方が当たっているのだろう。

「怪しい者ではないですから」

この言葉については、云ったそばから怪しいので、つっこみようがない。

最初は玄関の引き戸の向こうに居たのだが、ジリッジリッと歩を進めて、いましも家に上がり込みそうな気配だ。

父の健康サンダルをつっかけた奈央は、ジリッと相手を押し返す。

「美容院行った方がいいですよ」

ジリジリッと、更に押す。

「さすが村長さんの娘は――」

「悲鳴、上げちゃおうかな。変な人が家に入って来た、助けてって云っちゃおうかな」

すうっと息を吸い込んで、本当に「助けてー!」と大声を出した。

女はようやく、顔をひきつらせて退散する。後ろの方で「パチ、パチ」と間を置いた拍手が鳴り、振り返ってみると階段に座った麒麟が手を叩いている。

「最悪だな」

麒麟は、奈央が感じたとおりのことを云った。

「ねえ、竜胆市に行かない？」

「おれは別にいいよ。ママのところには昨日行ったばかりだし」

「アンナさんのところじゃなくて、静花に会いに行こうよ」

「え？」

麒麟の顔に書かれた『最悪』の文字が、『拒否』に切り替わる。奈央はそう察したけど、平然と続けた。

「ふられたんだってね」

「あの——おまえって、デリカシーのかけらもないのな」

「デリカシーのかけらもないのは、そっち」

奈央はばたばたと二階に上がると、バッグに財布と携帯電話を突っ込んで降りて来た。

「このまま会わないでいたら、友だちでもなくなっちゃうよ。だいいち、あんた、告白の仕方が激下手だったんだから、その点は反省しなさいよね」

下手も下手、奈央が口止めしていたことを話のまくらにして、静花の受けたショックも無視して、ひたすら己の思いの丈を打ち明けたのである。ある意味で、さっきまで玄関先に来ていたフリーライターにも引けをとらない話下手だ。

「チョー自己チュー」

「…………」

「彼氏は無理でも、友だちの関係は修復した方がいいよ。——それに今日は、一緒に会いに行きたい人が居るわけ。だから、あんたたちの間を取り持つとか、そんな気づまりなことはしないから」

＊

待ち合わせの駅前で、静花は笑顔でブンブンと手を振ってきたのに対して、麒麟の方は一瞬おくれてぺこりと頭を下げた。真ん中に奈央をはさんで、麒麟はもじもじしている。

「こないだは、ごめん」

重たい感情を込めた麒麟のひとことを、静花は「ううん、全然」と笑って流した。

「それよか、テレビ観てたけど、お母さん大変じゃない？」

「あー。観てたんだ」

つぶやいて、麒麟は暗くなっている。

「おれ、もう、人前で正直なこと云うのよすわ」

「そんなの駄目だよ、ね、奈央」

「そうだねえ。云いたいこと云わないと、うちのお父さんみたいになるかも」

奈央がそういうと、二人は困ったように顔を見合わせてから、声を出して笑った。

「ところで、これからどうするの？　映画とか行く？」

「今日はね、岡崎さんと会う約束してるの」

奈央たちが訪ねようとしていたのは、新聞記者の岡崎修子だった。

溝江アンナのイベントの取材をするという口実でこよみ村に近づき、立ち入り禁止である廃屋の洋館に入り込んでいた怪しい人物である。

あのとき、岡崎修子は、洋館でもっと怪しい覆面人間に襲われているところを、奈央たちに助けられたのだった。奇妙なことには、助けられた岡崎修子も、駆け付けた麒麟と静花も、洋館での乱闘騒ぎのことはすべて忘れていた。

——妖怪に化かされそうになったときに、有効な呪文を教えようというんだ。——だるまさんがころんだ。だるまさんがころんだ。——繰り返し、心でそう唱えなさい。

父の政敵である十文字丈太郎から、冗談みたいな魔除けの呪文を教わっていた奈央だけが、一部始終を覚えていた。

「あなたたちは命の恩人だから、頼まれちゃいやとは云えないわ」

シティホテルの喫茶室で、三人にメニューを見せながら岡崎修子は云った。自分は特大のフルーツパフェに決めたみたいだ。

(命の恩人?)

岡崎修子の言葉が、奈央の胸にひっかかる。記憶をなくしたはずの洋館での出来事を、まるで覚えているような云い方ではないか。

そんな奈央を、岡崎修子はさぐるように見つめた。

「どうしたの?」

「あの……これ」

奈央はあらかじめこの人に、こよみ村で何を調べていたか教えてほしいと頼んでいた。ノートにはさんで持って来た古新聞を差し出すと、まっすぐに岡崎修子の顔を見つめる。

「あら、懐かしいものを」

岡崎修子は乾燥してかさかさになった新聞の切れ端を手に取った。

——明治三十七年、行政区再編のため竜胆市が周辺市町村を合併した際に、こよみ村は分離独立した。市町村合併ならぬ、市町村分離だった。これは、竜胆大学・楠美周一郎博士と、こよみ村地区による怪しげな実験に、他地区の人たちが賛同しなかった結果だ。

怪しげな実験とはなにか。それは、当時、さかんにもてはやされた催眠術である。楠美博士が行っていたのは、明治中～後期、大変に脚光を浴びていた催眠術の実験だった。こよみ村の有力者がこぞって楠美博士に賛同・協力したのは、同博士の催眠術にかかっていたのではなかったか。

市町村分離などという奇妙なことがまかり通ったのも、博士の催眠術のためか？　異端の学者は、こよみ村を巻き込んでいかなる実験を行っていたものか。こよみ村には当時のことを記した記録は、ほとんど残されていない。

こよみ村は四方を山林に囲まれ、陸地に浮かぶ孤島のように取り残されたまま、古い因習に支配されてきた。悲しいかな、それは現在まで続いている。

（岡崎啓輔・郷土史家）


「これを書いた岡崎啓輔って人は、あなたと関係あるんでしょうか」

「わたしの父よ。若いころから地元の歴史をほじくりかえすのが好きだったの」

「うちの兄貴みたい。竜胆大のB級民俗学同好会というサークルに入っているんです」

静花が云うと、岡崎修子は嬉しそうに人差し指を振る。

「B民、わたしも入ってた」

「怪しげな伝説を求めて、どこでも行ったわよ。もう馬鹿バカしくて、楽しくて」

ウェイトレスがオーダーを取るのを待ってから、岡崎修子はあらためて三人に向き直る。

「こよみ村もね……ああいう小さな村では、見慣れない人間はひどく目立つのよ。わたしは調べたいことがあったので、あのイベントを隠れ蓑にできると云われたのは、渡りに船だったわ」

「アンナさんのイベントを隠れ蓑にできるって、だれに云われたんですか？」

「それは、内緒にしておきましょう。お互い、問題はそこじゃないわよね」

岡崎修子は低い声で云って、周囲を見渡した。

（たぶん、十文字さんだわね）

問題の日、村の外で故障したはずの岡崎修子のクルマが、十文字丈太郎の家に停めてあった。アンナのイベントに大挙して押しかけたのが、十文字の息のかかった団体だった。——父親が村長をしていると、そんな情報を立ち聞き出来たりするのだ。

「あの洋館、湯木家の別荘なのよ。あそこに、昔、楠美という学者が住んでいたのは、知っていた？」

「岡崎さん、あのときのことは忘れてたんじゃなかったんですか？」

「本当ですか？」

奈央に指摘されて、岡崎修子はニヤリとした。

「だるまさんがころんだ」

「あ」

十文字丈太郎に教わった魔除けの呪文である。

岡崎修子が十文字と手を組んでいると平野が云っていたのを、奈央は思い出した。

「そう、催眠術破りの呪文よ」

「魔除けじゃなくて、催眠術にかからないオマジナイだったんですか？」

奈央は思わず高い声を出す。

喫茶室の視線が集まり、ことに麒麟と静花の視線が頬にささった。

「ええとね。——十文字さんに云われていたのよ。もしも妖怪に会ったら、『だるまさんがころんだ』って念じるようにって」

「どうして、わたしたちにも教えてくれなかったのよ」

「いや——あんまりにも馬鹿バカしくて、非現実的でしょ」

そんな非現実的なことが実際に起こっているのだから、問題なのである。奈央は二人に向かって手を合わせると「ごめん」と云って頭を下げた。

「つまり、おれと小川さんは催眠術にかかっていたってわけか。湯木と岡崎さんは、変てこりんな呪文に意識を集中していたから、無事だった」

「でもわたしは絞殺されかけた直後だったから、怖かったのよ。催眠術でだまされたフリをして、村から逃げたってわけ」

あのとき、廃屋の洋館に侵入した岡崎修子は、覆面人間に襲われ、追いかけて行った奈央たち三人も危うい目に遭った。山の精みたいな――この世のものとは思えない女の人が助けに来て、その後からよろず屋までが乱入して、奈央たちは助かったのだ。

(よろず屋さんは、あの女の人を逃げた奥さんだと信じていたけど、本当はだれだったのかなあ。いや、そもそもあの覆面人間はだれだったのかしら)

その問いを、奈央はまだだれに対しても発することが出来ずに居た。

こよみ村には確かに敵と味方が存在することを、奈央も何とはなしに感じている。それは表立ってだれもが知る村長対十文字という図式よりは、もっと複雑なもののように思われた。

複雑だからこそ、だれが味方でだれが敵なのか、奈央にはまだ判らないのだ。ついでに云うと、だれにとっての敵か味方なのかさえ、はっきりしない。まだ中学生の奈央や麒麟が、その対立の中に組み込まれているのかさえも。

「岡崎さんは、やっぱりこよみ村の予言暦について調査しているんですか?」

思い切って予言暦の名を出してみたけど、岡崎修子は聞きなれた言葉のように、別に驚きもしなかった。

「わたしが調べていたのは、予言暦よりも、楠美博士のことだったの。楠美博士は――」

「この人ですか」

奈央は古新聞に載っている、楠美博士の名前を指でしめす。

ウェイトレスが岡崎修子のフルーツパフェと、中学生たちの頼んだジュースを運んできた。グラスのふちに飾られた果物の輪切りが、窓の光を受けてきらきらしている。

「そう。楠美博士は、明治時代の人で催眠術の研究家よ。当時、催眠術が大流行したんだけど、その反面で取り締まりの法律が出来るようなキワモノだったの。

竜胆大学に籍を置いた楠美博士も、そのせいで白眼視されて大学に居られなくなり、逃げるようにしてこよみ村に住み着いたんです。楠美博士の弟子だった湯木進《ゆぎすすむ》が、博士と学友の松浦直之《まつうらなおゆき》の二人を、自分の故郷であるこよみ村に招いたのね」

湯木進とは、奈央の曽祖父――ヒイ祖父さんである。

松浦直之とは、村八分の松浦のヒイ祖父さんだ。

二人は、楠美博士の弟子といえる存在だった。

「こよみ村の村八分って面白いわね。本当なら仲間はずれの意味なのに、こよみ村では雑用係みたいな仕事をしながら、それでも皆に尊敬されているんだもの。しかも、ヒイお祖父さんのときから、代々世襲で村八分なんて」

「こいつの家は、代々、村長なんですよ」

麒麟が奈央を指さす。

「湯木家が代々村の名士だったから、楠美博士もやりやすかったと思うわ」

「やりやすいって、何が？」

「催眠術の研究よ。それから、予言暦の研究もね。楠美博士は外の世界から軽んじられた分、こよみ村という地理的にも閉ざされた共同体を愛したのよ。ちょうどそのころ、こよみ村は竜胆市から独立したんだけど、わたしはその陰には楠美博士が一枚かんでいたと思うわ。判りやすく云うと――」

催眠術などといういかがわしいものにかぶれた楠美博士は、大学を追われて、世間からも鬱憤晴らしの標的みたいな扱いを受けていた。

「バッシングされる芸能人みたいに？」

麒麟が訊くと、岡崎修子はうなずく。

市町村分離という奇妙な事態が実現したのは、弟子である湯木進の実家がこよみ村の有力者だったことと、博士自身が得意の催眠術を使ったからではないかと岡崎修子の父――啓輔は考えた。楠美博士は奇術さながら、こよみ村の民意を操ったのではないのか、と。

楠美博士が目を付けたのは、意のままにしやすいこよみ村の人の心だけではない。

この村の人たちを思考停止に陥らせるもの、予言暦に着目した。

こよみ村では行政までがこの特異な暦に左右されると知り、予言暦の研究を始めたのだ。

その過程で、こよみ村は博士の意のままに動くようになっていった。

「この仮説は、父がたてたものなの。うちは親子二代で、楠美周一郎を追いかけているってわけ」

「それが、岡崎さんがこよみ村に近づいた理由なんですか」

「ええ」

岡崎修子はクリームの乗ったバナナを、おいしそうに食べた。

「そこで肝心なのは、証拠なんだけど――。こよみ村の人たちって親切だけど、よそ者にはガードが堅いのよ。ある程度まではニコニコと対応してくれるのに、予言暦や楠美博士のこととなると、厳然と排除してくる。父はとうとう何も摑めないまま若死にしちゃったわ。しょうがないから、わたしもこっそり忍び込むことにしたわけ。そしたら、あの始末でしょう」

覆面人間に絞め殺されそうになり、催眠術をかけられて記憶を消されそうになった。

「覆面人間は、岡崎さんの調査を邪魔したい側のだれかということね」

つまり、村長側のだれかということになる。そう思うと、奈央はイヤな動悸がしてきた。

「岡崎さんは、楠美博士のことを探り出そうとした。だから十文字氏が力を貸した。つまり、湯木家と松浦家が岡崎さんの敵ってこと?」

三人の目が集まるので、奈央はあわてた。

「え? やだ、やだ。わたし無実です。え、え、うちのお父さんが犯人ってこと?」

「あの村長さんに人殺しなんて無理だってば。このあいだなんか、松浦さんが捕まえたネズミの命乞いをしてたもん」

――ねえ、可愛い顔をしているよ。助けてあげようよ。

奈央が小さいとき、育雄が猫に向かっておなじことを云っていたのを聞いたことがある。

「まさか、覆面人間は楠美博士のゾンビだった――なんてことはないわよね」

静花が云うと、岡崎修子は「それは、いくら何でもスクープ過ぎ」と云って笑った。

4

岡崎修子は知っている限りのことを教えてくれた。

楠美博士は研究に没頭し、こよみ村で亡くなった。

不穏なうわさや不遇な過去さえなければ、孤高の知識人として幸せな最期だった。臨終の日まで楽しそうに食事をし、近所を散策して、午睡《ひるね》をしたまま息を引き取った。皆に惜しまれ、手厚く弔われ、今はこよみ村のこぢんまりとした墓の下で眠っている。

学校が夏休みに入っていたから、日を改めて静花が訪ねて来て、三人で楠美博士の墓に詣でた。

「それにしても、予言暦ってどこにあるんだろうな」

古びた墓石にペットボトルのミネラルウォーターを掛けて、麒麟はぎこちない様子で手を合わせる。

「お父さんが村長選挙に立候補するとき、『これは決まっていること』って云ってたけど、つまり予言暦に書かれているって云いたかったわけだよね。受験のこととか、将来の結婚相手のこととか書いてあるとしたら、わたしも見てみたいなあ」

「わたしも」

はい、はい、と静花が手を上げる。

「静花は無理でしょ。だって、こよみ村に住民登録していないし」

「そういうしばりがあるわけ？」

「あるでしょー。もしそうじゃなかったら、世界中の結婚相談所とか、投資家とか、ギャンブラーとか、諜報部とか、テロリストとか、気象予報士とか来て大変じゃん」

「じゃあ、マヤ・マッケンジーは、そうと知らずに来たわけ？　ドジですねー」

「予言暦の実物を見たわけじゃないから、判んないけど」

「でも、アンナさんの毒草茶事件の真相は判るかも。そうしたら、麒麟くんがややこしい思いをしないで済むよね」

「それは重要だよ。やっぱり探し出さなくちゃ」

顔を輝かせる奈央を制して、麒麟がかぶりを振った。

「予言暦は未来のことが判るんだろ？　ママの毒草茶はもう過ぎたことだぜ」

「過去形だって、未来形だって、英語の授業で習うわけだし！」

「こいつ、阿呆だな」

麒麟と静花は二人で息の合った調子で、奈央の頭をくしゃくしゃに撫でた。

＊

予言暦を探そう。

そう云って奈央たちは大掃除と銘打ち、湯木勘助邸の中を探し回ったけれど、予言暦とおぼしきものは何も見つからなかった。客間の天袋からは育雄がかつて使っていたランドセルやら、勘助翁が若い時分に弾いていたマンドリンが出てきて、そのたびに三人は目的を忘れてはしゃぎ回った。

そんなことをしているうちに辺り一面がゴミ屋敷のありさまとなり、ちょうどこよみ村に戻ってきていた多喜子に雷を落とされた。

「遊ぶんなら、外で遊んでらっしゃい」

小学生みたいなことを云われて家から追い出されると、奈央たちはサカエ橋を越えて廃屋の洋館にしのびこんだ。

前に来たときは暗かったうえに、村中に不穏な半鐘の音が鳴り渡っていた。そんな中で見た廃屋はおどろおどろしい様子をしていたが、真夏の晴天の下ではただ寂しげなばかりだ。

「ここって、建物が古いわりには、床板とか窓とか、ちゃんとしていると思わないか？だれかが定期的に片付けたり修理したりしている気がする」

ポーチにたってドアを開けながら、麒麟が云った。

「でも、玄関にカギが掛かってないんだよ。それって、廃墟だからでしょう」

静花が反論すると、麒麟はニタリと笑った。

「うちの村じゃあ、それがスタンダードだから」

「うそ、家にカギ掛けないの？」

驚く静花を見ていると、なんだかおかしくなってくる。敵とか味方とか深刻なことを考えているわりに、自分たちはなんてのんきなんだろうという気がした。

「ここは湯木家の別荘で——。それから、岡崎さんが云ってたよな、楠美博士が住んでいたって」

階段に足を掛けた麒麟が、こちらを振り返る。

「つまり、ここが一番あやしいわけか」

岡崎修子が来たことも、覆面人間に襲われたのも、あやしさの裏付けのように思えた。

「予言暦を探すなら、最初からここに来るべきだったね」

「でも、奈央のお祖父さんは『予言暦は、信用できる人に託してある。安心しなさい』って、わざわざ書き残していたんでしょう？　ここは無人だから、託す人も居ないよね」

「じゃあ、結局、ここもはずれなのか」

そんな結論を前提としつつ、三人は荒れた建物の中をとりとめもなく歩き回った。

岡崎修子が襲われた奥の部屋まで来ると、奈央はさすがに怖くなって足が止まる。麒麟たちが怪訝《けげん》そうに振り返るので、奈央はよけいに怖くなった。

「二人とも、本当に覚えてないんだね。ここに怪しい覆面人間が居て、わたしたちよろず屋さんに助けてもらったの」

「うん」

「覚えてない。——でも、何か怖い感じはするよね。頭の中ではどうも思わないのに、胸の辺りにグッとくる感じ」

「それは、やっぱり、ここが楠美博士の家だったからじゃない？」

奈央は砂埃でざらざらする床を見渡し、かつてここで暮らしていた楠美周一郎という人物の面影を思い浮かべようとした。麒麟も同じことを考えていたのか、腰掛け部分のとれてしまったイスの背にもたれて、見えない人影を探すように視線を泳がせた。

「楠美博士って人は、アイドルだったんだなあ」

「アイドル？」

静花が訊き返している。

「うん。湯木のヒイ祖父さんにとっても、松浦さんのヒイ祖父さんにとっても、村の人たちにとっても。おれたち、今、アイドルのグッズみたいなものを探しているのかも知れないよなあ――」

麒麟の言葉が尻切れに消えたのは、玄関の方から足音が聞こえてきたからだ。

ざっざっと床をこする音が響きはじめ、三人は慌ててドアの陰に身をひそめた。

息を殺して覗き込むと、背を丸めた男がほうきで廊下を掃いている。そのうなだれたような動作は――。

（よろず屋さん？）

奈央がそう思ったのと同時に、相手も顔を上げた。

知らず知らずのうちにドアから半身を乗り出していた奈央は、再び隠れるまでもなく見つかってしまう。

よろず屋はほうきを使う手を止めて、いやそうな息をついた。

「また、おまえらか。親たちから、ここは立ち入り禁止だと聞かされてないのか？」

「ええと、聞いてます。――このあいだは助けてもらってありがとうございました」

奈央がぺこりと頭を下げると、よろず屋は面倒くさそうな様子で掃除を再開した。

「あの――あの。あのときに、わたしたちを助けに来た女の人は、よろず屋さんの奥さんなんですか？　よろず屋さんの奥さんは、本当に『遠野物語』みたいに山に行っちゃったんですか」

尋ねる奈央の後ろで、麒麟が「馬鹿」と云って袖を引っ張っている。

よろず屋はまた手を止めて、じっと奈央を見た。

怒らせてしまったと思ったのか、麒麟はとっておきの笑顔をつくって話に割って入る。

これぱかりは、母親ゆずりとしか云いようのないみごとな笑い方だ。

「ここのメンテナンスは、よろず屋さんがなさってたんですか？」

よろず屋は、もぐもぐと口の中で言葉をもてあましてから、奈央の方をまっすぐに見た。

「女房の家系は代々、村の巫女《みこ》だったんだよ。むかし、ここに住んでいた楠美という先生は、ばあさんのところによく来ていたそうだ。ばあさんの話が、研究の材料になると云ってたらしい。――おれも女房もまだ生まれる前の話だがね」

「ばあさん？」

笑顔のやり場に困った麒麟が、ちょっと顔をひきつらせながら訊く。

「女房の母親だ」

「なるほど」

隠れ場所から窓の明かりの届く位置まで移動すると、奈央は顔を輝かせた。

「よろず屋さんの奥さんは、そういうスピリチュアルな家系の人だから、山の精みたいになっちゃったのかも知れませんね」

そう云う奈央の袖をもう一度引っ張って、麒麟が「馬鹿」と繰り返している。

「そんなわけあるかよ。――ってより、おまえさ、デリカシーねーよ」

奈央の問いがよろず屋を怒らせたのか、それとも同意してもらえたのかは、判らず終いだった。突如として、溝江アンナの『初恋ドキン！』が空き家の中に響き渡り、奈央たち三人は飛び上がるほど驚いた。

――心を結ぶ赤い糸、ヤンヤンヤーン、レッドヤーン。

一人落ち着きはらっているのはよろず屋で、作業ズボンの尻ポケットに手を突っ込むと携帯電話を取り出す。短い人差し指を伸ばして液晶画面を突いたら、『初恋ドキン！』

は鳴りやんだ。

（なんだ、着信音か……）

三人三様の面持ちで同じことをつぶやく中学生たちをよそに、よろず屋は携帯電話を耳に最敬礼の姿勢をとった。

「は、十文字先生！」

奈央たちは、よろず屋という人は、不愛想でかったるそうなおじさんだとばかり思ってきたから、しゃきしゃきと低姿勢で応対する態度に驚いた。

もっと驚くことに、電話をかけてきた相手は十文字丈太郎らしい。

それよりも、もっともっと驚いたのは、携帯電話を両手ですがり付くように持って、よろず屋がふりしぼるように云った言葉だ。

「藍子が見つかった？」

「本当に？」

聞き耳を立てていたわけではないが、三人の中学生たちは思わずよろず屋を取り囲んで、その顔色をうかがった。むくんだように太った無精ひげだらけの顔。そんなよろず屋の顔が、赤くなったり、青くなったりした。

「はい――はい――はい――」

よろず屋はたった今まで奈央たちと話していたのも忘れたみたいに、ふらふらと玄関に向かう。

「ちょっと、なに？　居なくなった奥さんが見つかったってこと？」

「大変！　でも、良かったじゃん！」

「あの十文字さんが見つけちゃったわけ？　なんで？」

よろず屋が放り出したホウキを壁に立てかけて、奈央たちも後を追った。

三人がサカエ橋に張られた立ち入り禁止のチェーンをまたいだときには、よろず屋はずんぐりした体軀を左右に揺らすようにして、ずっと先を駆けていた。

＊

湯木勘助邸に戻った奈央を、まったく思いがけない客が待っていた。

竜胆警察署の刑事である。

テレビドラマで見るみたいに、二人一組で、先に警察手帳を出したのは叩き上げといった感じの眼光するどいくたびれた服装のおじさん、もう一人は麻のスーツを涼しげに着こなした俳優みたいな若い男だった。

(うわあ、本物だあ)

警察手帳を見てミーハーに目を輝かせる奈央に、年輩の刑事が困ったような視線をくれる。家に居合わせた育雄が、決まり悪そうに奈央の後ろからペコペコと頭を下げた。

うちの娘がいったい何をしでかしたんですか？

育雄が懸命にその言葉を飲み込むかたわらで、年輩の刑事は小さなジッパー付ビニール袋を取り出した。中に納められているものを見て、奈央は目を丸くする。

ビーズを連ねた小さな緑色の葉っぱ。なくしたと思っていたペンダントヘッドである。

「これがどこに？」

思わず訊く奈央を、二人の刑事はさぐるように見つめてくる。そのまなざしに促され、奈央はビーズ飾りのいわれについて話した。

「竜胆市に住んでいたころ、友だちとおそろいで作ったんです。でも、最近なくしてしまって――」

「どこでなくしたか、おぼえていますか？」

若い方の刑事に訊かれて、奈央は首を横に振った。

「溝江アンナさんの茶筒から出てきたんですよ。毒草が混入していた茶葉の中からです」

「えええ！」

奈央と育雄は同時に叫び、奈央は前より激しく首を振った。

「わたし、アンナさんに毒なんか飲ませてません。ウソじゃありません」

「刑事さん、この子はちょっと粗忽《そこつ》なところもありますが、お茶の中に毒草を混ぜるなんて、そんな悪いことをする子どもじゃありません。そのペンダントヘッド、きっとどこかで、偶然お茶に混じって……」

刑事たちは、やはり疑わしさのこもった目で奈央たちを見た。

「どこでなくしたか、思い出したら連絡をください」

年かさの刑事が少しだけ優しい声で云って、奈央に名刺を差し出してよこした。

ペンダントヘッドは返してもらえなかった。

＊

よろず屋の奥さんが見つかったという話は、せまい村のことだから、またたく間に広まってしまった。

奈央はペンダントヘッドのことを考えていて、子ども歌舞伎の練習に身が入らず、同じくポカを連発した麒麟と二人で居残りの特訓を受けていた。

「二人とも、スランプなのかな」

松浦は辛抱強く二人に付き合っていたが、とうとう諦めたように云った。

「よろず屋の奥さん、見つかったって聞きましたけど」

待っていましたとばかりに、奈央が訊く。実は、ペンダントヘッドをなくしたことと同じくらい、よろず屋の奥さんのことが気になっていた。

なにしろ、見つかったと連絡を受けたよろず屋と、同じ場所に居合わせたのだ。

山の人として暮らすのは、どんな生活なのか？

食べものや着るものは、どうしていたのか？

だれかと会いたくなったりしなかったのか？

できるならばよろず屋に押し掛けて尋ねたかったが、それも不躾《ぶしつけ》だ。それならばいっそ十文字丈太郎の屋敷まで行ってみようかとまで考えた。

「よろず屋さんの奥さんは、竜胆市で暮らしていたらしいよ」

「はあ？」

奈央は練習用の小道具を片付ける手をとめ、麒麟は汗を拭く動作のままで、松浦を振り返った。

松浦はうわさ好きと思われることに抵抗があるらしく、道具を片付けたり頰を掻いたりしてごまかしていたが、二人の吸い付くような視線に負けてしゃべり出す。

「藍子さんは、この村に旅行で来た男と駆け落ちしたんだそうだ」

「なんと！」

南岳の山の精になったのではなくて、駆け落ちを？

奈央たちは、カンペの勧進帳もタオルも放り出して、松浦のそばに寄った。

「それから、それから？」

「やだなあ、きみたち。かえって話しにくいよ」

「じゃあ」

二人はそれぞれの定位置にもどると、さりげないふりをして再び振り返った。そのわざとらしさに、かえって抵抗できなかったのだろう。松浦は降参したというように、両手を上げた。

「判った。判りました。――他の大人たちには、ぼくから聞いたなんて云わないでよ」

彼らしくもなく、そんな予防線を張ってから、松浦は話した。

「よろず屋の奥さんね、駆け落ちした男の人とは間もなく別れたんだけど、こよみ村に帰るに帰れなくて、働きながら一人暮らしをしていたんだって」

「どうして？」

「旦那さんが居るのに、別の男の人と駆け落ちしたわけだからね。ええと、その――浮気相手と別れたから、帰ってきました……ってわけにいかなかったんじゃない？」

相手が中学生なので、松浦はひどく話しにくそうだ。

「だけど藍子さん、だんだんと病気がちになってね、検査をしたら良くない病気が見つかったらしいんだ」

「良くない病気って？」

麒麟が、声をひそめるようにして訊いた。アンナのことで病院を訪れている麒麟には、病気というものが、にわかに他人ごととは思えなくなっているようだ。

「それがね――」

松浦は先を云おうか迷っていたようだが、結局は口を開いた。

「余命一年だって」

「そんな」

「十文字さんが雇った興信所の人が藍子さんを見つけて、いろいろ判ったらしいんだ。十文字さんが説得して、藍子さんはそれでようやく、こよみ村に帰る気になったって」

よろず屋の奥さんは、竜胆市のアパートが片付きしだい、こよみ村に戻ってくるという。

「だけど、どうして十文字丈太郎が？」

麒麟が勧進帳を巻き戻しながら尋ねた。

「よろず屋から南岳の土地を買う代わりに、奥さんを捜してやると請け合ったらしいんだ。まあ、見つかってよかったけどね」

「ふうん」

思案顔の麒麟は、急に居住まいをただした。

「松浦さんのお祖父さんって、楠美博士の弟子だったんでしょう？　こよみ村の予言暦って、今は松浦さんがあずかっていたりして」

「まっさかぁ。もしそうだとしたら、宝くじを買っちゃうよ」

およそ彼らしくない調子で云って、松浦は笑った。

「きみたち、予言暦や楠美博士のことなんて、どこで調べたの？」

「課外授業で、村の歴史を調べていて」

奈央が慌ててごまかすと、松浦は「ふうん」とつぶやく。

「楠美博士の弟子だったのは、ぼくの祖父さんじゃなくてヒイ祖父さん。それにしても、楠美博士もヒイ祖父さんも、催眠術なんてエキセントリックなものにはまったもんだよね」

松浦があっさりとそんなことを云うので、奈央は肩すかしを食らった気分になる。楠美博士と催眠術のことを松浦もよく知っていて、奈央たちに隠す様子もない。こんなことならば、わざわざ岡崎修子を訪ねて行かなくても、松浦に話を聞けばよかったのではないか。

奈央の思惑をよそに、松浦はいつも持参している大きな水筒から、冷たい薬草茶を注いだ。受け取って口に含むと、苦い味が舌の上に広がる。

「ゲンノショウコのお茶だよ」

「え」

溝江アンナがゲンノショウコに混じっていたトリカブトのせいで、入院まですることになったことを思えば、飲み下すのがちょっと怖かった。

そんな気持ちを察したのか、松浦は水筒を持ち上げてニッコリと笑った。

「大丈夫だよ。しっかり見て摘んだから」

自分でも一気に飲み干して、視線を麒麟に移す。

「ところで、アンナさんの具合はどうなの？　なかなか竜胆市の病院まで行けなくて、失礼したっきりなんだけど」

「実は明日、退院なんです。本人はもう全然元どおりで、看護師さんやお医者さんを相手に、薬草とハーブの健康法なんか説いてますからね。その健康法のおかげで入院しちゃったことなんか、すっかり忘れているみたいで」

ちゃっかりと病院長とまで顔見知りになり、退院後にはスローライフに関する講演をする約束を取り付けたらしい。

院長先生までがそうなのだから、毎日のように話す機会のあった多喜子など、すっかり感化されてしまった。病院で身の回りの世話を焼くうちに、アンナのスローライフ論にすっかり傾倒してしまったのである。

「うちのお母さん、すっかりアンナ化してます」

「本当に？」

麒麟と松浦が、おかしそうに笑った。

本当に、多喜子は育雄への意地ではなくて、本心からこよみ村での生活を望んで引っ越して来たのだ。それからさっそく、アンナ仕込みの健康法に付き合わされ、奈央と育雄は早寝早起きと、雑穀ごはんと味のうすい料理を食べさせられている。まだ中学生の奈央にはピンとこないが、育雄などは確かに体調が良いらしい。

「そのうち、飽きるから」

麒麟は邪気たっぷりの笑顔でうけあった。

（良いにしても、悪いにしても、うちのお母さんはすっかりアンナさんにはまってる。あんなに意地になってたのに、こよみ村に本格的に越して来ちゃうんだもの）

結局のところ、今でもアンナは人を惹きつけるアイドルなのだ。

昔、楠美博士が、こよみ村の人たちにとってそんな存在だったように。

第五話　予言暦がひらくとき

1

手作りのグラノーラ、カボチャの冷たいスープ、ゆで鶏とイチジクとベビーリーフのサラダ、玄米とフェンネルと魚のリゾット、ニンジンとリンゴとレモンバームのジュース。

湯木家の朝の食卓には、溝江アンナ仕込みのスローフードが、ずらりと並んでいる。

多喜子は元から家事が得意ではあったが、朝の食卓にあがるのは、昨晩の残り物と決まっていた。それがアンナの影響なのか、対抗意識なのか、歯止めがきかないほど料理に凝り出したのは、家族としては嬉しいような怖ろしいような、複雑な心地がする。

「あら、怖がることないじゃない」

多喜子は、呵呵《かか》大笑した。

「お母さんが高校生のときにねえ、友だち同士で将来の夢なんか話してたのよ。皆がいろい云うわけよね。漫画家になりたいとか、探検家になりたいとか、外国で働きたいとか。そこで、お母さんがお嫁さんになりたいって云ったら、宇宙人でも見るみたいな目をされちゃった。お嫁さんになりたいって、そんな変なことかな？」

「お嫁さんと云うのは、専業主婦になりたいってこと？」

　グラノーラに牛乳をかけながら、奈央が訊いた。

「専業か兼業かのこだわりはないけど、完璧な主婦ね。家の中をピカピカに掃除して、美味しいごはんを作って、布団も洗濯物もいつも清潔でふわふわ。絵本の中に出てくるみたいな、そんなお嫁さんになりたかったわけよ」

　手作りグラノーラは、ハチミツの味がしてとても美味しい。サラダやリゾットも、いつか大叔母たちが作ったみたいにハーブが利き過ぎてなくて、まるで計算しつくされたような味がした。多喜子という主婦がすごいのは、これだけ美味しく作っても、きちんとわが家の味になっているということだ。

「大学に入って最初に目を付けた男子と結婚できたのは、われながら上首尾だったと思うわ」

「え？　お母さん、お父さんのことが好きで結婚したわけ？　それ、初耳！」

　多喜子は実家の質屋を継ぎたくなかったから、好きも嫌いもなく、東京から一番はなれた竜胆市にUターン希望の育雄と結婚した。これが父から聞かされていた両親のなれそめであったので、母の口から聞くまったく別の説には唖然とした。

「やあねえ、そんなギスギスした理由で、結婚みたいな大事なことが決められるわけないでしょう？　きっとお父さんも照れて、そんなことを云ってんのよ」

照れるどころか、育雄は本気で憂えていた。

「お母さん、お父さんのことが一番好きだから結婚したって、ちゃんと云った？」

「云うわけないでしょう。こっ恥ずかしい」

こちらは本当に照れているらしく、顔が赤くなっている。

奈央は「ああ」と云って絶句した。

「夫婦ってのは、そんなこといちいち云わなくても判り合えてるものなの」

（いや、全然判り合えてないから）

もしも判り合えていたとすれば——多喜子が打算も計算もなしに育雄と結婚したのだと判っていたのなら、育雄の人生はもうちょっと色合いの違ったものになっていたのではないか。そう思えば、わが父ながら育雄が不憫になってくる。

「お母さん、今の話、一度お父さんにも聞かせた方がいいと思うよ」

「だから、いちいち云わなくても——」

多喜子は云いかけた言葉を途中でやめて、「ふむ」と考え込んだ。

「それもそうね」

うなずいてから、むやみに布巾でテーブルをこする。

「何でこんな照れくさい話になったのかしら。そうそう、昔の夢の話をしていたのよ」

多喜子は、夢が実現したか否かという最初の問題にもどって、あらためて考え込む。

「理想の主婦になれたのか、それは難しいところだわ。なにせ、この家は難攻不落だもの。これだけ広いと掃除が大変なのよ。とくに、トイレが汲み取り式だから」

「ごはんのときに、トイレの話なんかしないで」

奈央は、思わずピシャリと云った。

「そうは云うけどね、汲み取り式トイレはお母さんの不倶戴天《ふぐたいてん》の敵なんだから。この村もさっさと竜胆市と合併して、下水道を通してもらったらいいのに」

多喜子はこよみ村においては、非常に際どい発言をさらりと口にする。

そんなことを外で口にしない方がいい。

そう云おうとした奈央の目の前に、多喜子はA4サイズのコピー用紙をかざして見せた。太いマジックで達磨が描いてあり、その顔がどことなく奈央に似ている。

「昨日、あんたこれをずっと背中に貼り付けてたでしょう」

「ええ？」

奈央の頭に、ニヤニヤ笑いをする麒麟の顔が浮かんだ。

「麒麟めー。子ども歌舞伎の練習が終わったときに、付けられたんだ。『お疲れー』なんて、いつになく感じ良く肩を叩かれてさ」

「男の子は、好きな女の子に意地悪したいもんなのよ」

「麒麟が好きなのは、静花だよ」

そう云いながらグラノーラを嚙んでいると、途中で味が変わった気がした。牛乳のしみた大麦のフレークが、口の中でやけにぱさつく。

「へえ、気が多い子なのね、麒麟くん」

「何云ってんの、馬鹿みたい」

「馬鹿みたいなのは、お休みの朝から、どこかほっつき歩いているお父さんです」

話題が育雄のことに移ると、朝食の味が元に戻った。

(虫歯かな)

舌の先で歯の裏側をさぐった後で、改めてリゾットの皿を引き寄せる。

育雄が留守がちなのは、目下、こよみ村が揺れているからだ。竜胆南バイパス道路のこと、市町村合併協議会への参加の是非をめぐって、もうグラグラしている。

こよみ村内のバイパス道路に係る用地は、十文字丈太郎がすでにあらかた買い占めてしまった。その素早さに、育雄をはじめとする建設反対派は太刀打ちできなかった。

奈央は時間をかけて朝食を平らげると、自分で食器を洗う。

水道管の中で温まった水が、皿の上ではじけた。

「よろず屋さんに行ってくる。アイスが食べたいから」

「朝ごはん食べたばかりでしょう？　帰ったら宿題をしなさいよ」

「だめだよ。今日は子ども歌舞伎の日だもの。まっすぐ御霊神社の社務所に行くの。帰りは遅くなると思う」

「村の行事もいいけど、街の子たちは、あんたたちがお祭りをやっている間も学習塾に通っていることをお忘れなく。あんたの成績、どう見ても自慢できるものじゃないんだからね」

「勉強は明日からってことにしてよ。だって、舞台で主役を演《や》るなんて、長い人生でこれっきりかも知れないんだから」

「はいはい」

多喜子は充電中のビデオカメラを持ち上げて見せた。

「ところで、奈央。お父さんはどこなの？」

「お父さんはたぶん、役場か、議会か、夏祭りの打合せで御霊神社に居るか。そうじゃなかったら、市町村合併協議会か、商工会か、県庁に呼ばれているか、竜胆広域連合会か――」

「どこなのよ。まったく落ち着きのない人なんだから」

理想を追い求める主婦というのは、家族のすることにいちいち茶々を入れないと気が済まないらしい。

＊

三叉路の角にあるよろず屋には、いつものように店先に商品があふれていて、買い物客は一人も居なかった。

いつもと違うのは、奥の部屋に居るのが、よろず屋一人ではないということ。長いあいだ探し求めていた奥さんが、帰って来たのだ。

「ごめんくださーい」

店の奥にある玄関代わりの靴脱ぎから中を覗き込むと、やせて髪の長い女の人がしんなりと座っていた。

いつか、駅のホームで山際に一瞬だけ見かけた女の人、廃屋の洋館で覆面人間から助けてくれた人――。あのときと同じ人なのか、それを確認するのが、奈央はどこか怖い気がしていた。

しかし、いざ間近で見てみると、どうもはっきりと判らない。同一人物のような気がするし、別人にも思える。

（でも、同一人物のわけがないのよね）

奈央の視線に気づいて、よろず屋の奥さん——藍子が会釈をよこした。

「村長さんのところの、奈央ちゃんね。さあ、上がってください」

その声を聞いてよろず屋ははじめて奈央の訪問に気付き、いそいそと座布団を持って来た。

「おじゃましまーす」

居間と客間を兼ねた六畳間は、ちゃぶ台があって、床の間があって、食器棚に茶簞笥に、テレビに、パソコンまである。棚という棚の上には土産物の民芸品と、黒光りする七福神の木彫と、いろんな形の姫達磨、そしてたくさんのこけしが飾られていた。

（ここ、ごちゃごちゃしてて、妙に居心地がいいなあ）

「呼び出して、悪かったな」

そう云う間だけ、よろず屋は藍子から視線を外して奈央を見る。

奈央は扇風機の風の中を横切って、用意された座布団の方まで進んだ。

「遅いぞ。遅刻、遅刻」

先に来ていた麒麟は、台所で洗いものの手伝いをしていたようだ。ふきんで手を拭きながらやって来て、「よう」と背中をたたいてあいさつをする。

中学生二人のそんなやり取りを見て、藍子がまぶしそうに微笑んだ。

藍子は竜胆市立病院に入院中で、昨日から一時帰宅しているらしい。

よろず屋の奥さんは、『遠野物語』に書かれた話のように、こよみ村を囲む山に魅入られて『山の人』になったのではなかった。観光客と駆け落ちして、すぐとなりの竜胆市で暮らしていたのだ。

駆け落ちした相手とはすぐに別れてしまったのに、藍子はこよみ村にはもどらず一人暮らしをしていた。そうして病気で倒れたのが半年前。つい最近になって、十文字丈太郎が興信所に頼んで藍子のことを見つけ出したけど、そのときには病気は進んでしまっていた。

(あのときに見たのは、藍子さんとは別人のはずなんだけど——でも、似ているなあ)

藍子はこよみ村に居る。

そう信じたきりなら、よろず屋は二度と彼女に会えなかったかも知れない。

(よろず屋さんは奥さんが駆け落ちしたことを怒ったのかな、それとも当然のことみたいに許したのかな)

知りたかったけど、尋ねるわけにもいかない。でも、奈央は何となく、よろず屋が怒らなかったような気がした。

藍子の病気のことを考えれば、怒ったり許したりする時間も惜しいにちがいない。でも、そんなことがなかったとしても、よろず屋は帰って来てくれたことだけを感謝したのだろう。藍子にも、探し出してくれた十文字丈太郎にも。

失踪の真相を察し、少なからぬ依頼料を支払って藍子を見つけ出した十文字は、見返りによろず屋から南岳の山林を譲り受けた。竜胆南バイパス道路の建設予定地だ。

「今日は御霊神社のお祭りで、子ども歌舞伎を演るんだってね。あたしも観たいけど、午後には病院にもどらなくちゃ」

「なんなら、ここでリハーサルをご覧に入れますけど」

奈央が云うと、すかさず麒麟が渋い顔をした。

「ばぁか。観たいってのは、リップサービスだよ。弁慶のおまえと、義経のおれが居るから、気を使って云ってくれてんの。それくらい判れよ、ガキ」

「あれ？　そうなの、すみません」

「そんなことない、本当に観たいわよ。あたしは、来年は観られないでしょうから」

藍子が淡々と云ったので、一同はしんみりしてしまう。

奈央たちも、藍子が重い病気だというのは聞いていた。それでも、化粧をしていない頬は少し赤かった。

「ええ……と」

奈央が自分を見て何を考えていたのか、藍子は正確に察したみたいだった。指を頬に当てて困ったように笑った後、「ああ」と云って奈央の背中を指さした。

「それより、奈央ちゃん、背中に何を付けているの？」

「は？」

背中に手をやると、また紙が貼られている。

転んでいる達磨の顔が、奈央の似顔絵になっていた。

さっき、麒麟があいさつついでに背中を叩いたとき、また貼り付けたに違いない。

よろず屋と藍子が「似ている」とか「うまいじゃない」とほめるので、奈央はますます頭にきた。

「麒麟ー！」

奈央が怒れば怒るほど、よろず屋夫婦は楽しそうに笑った。病気の藍子もそうだけど、よろず屋がこんな風に笑うのを見たら、村の人たちはびっくりするに違いなかった。それとも、以前はずっとこうして笑っていたんだろうか。

「ところで、今日来てもらったのは、探しているものがあるって聞いたから」

藍子は「あんた、あれを」と云って、よろず屋に合図をした。

よろず屋は、床の間の上、七福神や木彫りの熊や、巻いたままで放置してある掛け軸などで混沌《カオス》と化した一角を探り始めた。

「これだ、これだ」

そう云って持ち出してきたのは、和菓子などの進物用の化粧箱だった。

羊羹《ようかん》でもごちそうしてくれるのかと思ったけど、箱は埃まみれでナフタリンのにおいが鼻をつく。ふたを開けたとたんに埃が舞って、四人は合唱のごとく咳き込んだ。

「なんですか、これ？」

よくみればずいぶんと古ぼけた箱だったが、中から取り出したものは、もっと古い一枚の紙である。麒麟が落書きしたコピー用紙を、縦横上下に四枚連ねたくらいの大きな和紙で、それがとても丈夫に漉《す》いたものだというのは、折りたたんだ箇所が少しも痛んでいないことでも判った。

「これが、予言暦よ」

「え？」

奈央も麒麟も、すぐには何を云われているのか判らず、きょとんとした。

奈央の祖父は、わざわざ自宅の金庫に『予言暦は、信用できる人に託してある。安心しなさい』というメッセージを残しておいたと聞くが――。

「信頼できる人って、よろず屋さんのことだったんだ？」

「いや、おれじゃない。藍子のことだよ」

よろず屋が、以前とは別人みたいに、キリリとした態度で云った。

「そうか。藍子さんはこよみ村の、霊感のリーダーなんだもんな」

「こういうのって、何て云ったっけ。灯台下暗し？」

「ちょっと違う。話がスピリチュアルなだけに、お釈迦さまでも判るめえ――というか、神のみぞ知る、かな」

代々巫女の家系だったという藍子こそ、勘助翁が信頼を置く人物だったというわけだ。

それにしても、こんなにも古道具が無造作に積み重ねられた中に、予言暦がお菓子の空き箱なんかに入れられていたとは、まったくだれが知ろう。今まで占い師のマヤ・マッケンジーも、新聞記者の岡崎修子も、正体不明の覆面人間も、奈央たちまで、まったく関係ないところでドタバタを繰り広げていたわけだ。

そうと判れば、奈央たちは痛快なんだか口惜しいんだか、複雑な気持ちになる。

しかし二人の興奮は、予言暦を開いて中を確認したとたん、大きな疑問符と入れ替わった。

それはただの古ぼけてよごれた和紙だったのである。

満月、十六夜月《いざよいづき》、立待月《たちまちづき》……下弦の月……新月と、稚拙な筆さばきで月の満ち欠けの絵が描かれている他には、何の文字も記されていない。

「これも、にせものなんですか？」

がっかりして尋ねる奈央に、藍子は首を横に振ってみせた。

「これは、正真正銘、本物の予言暦です。基本的には、弁慶が読み上げる勧進帳と同じ、白紙なのよ。だけど、こよみ村の巫女にだけは読めると云われてきた。実際、しかるべき方法で集中すれば、文字が浮かんで見えるの。自分でも本当かしらと思ったりするけど、いざとなれば文字が浮かびあがるのよ」

藍子は頰にかかった長い髪を、指にからませた。

「まだこよみ村に何人もの巫女がいたころ――昔はずっと、そうだったんだけどね――一年のあいだに起こることを、巫女たちが手分けして読み取っていたのよ。それが毎日の起こることを記した暦となったのね。だけど、どこのだれが亡くなるかまで読みとれてしまったから、予言暦は巫女だけのものとして封印したの」

それが昔からの慣わしなのだと、藍子は云った。

「でも、山で道に迷った人の行方や、気象のことなどは村の人に伝えられたから、予言暦の祭事は村の中心に置かれたのよ。――今では、こよみ村の巫女は、わたし一人になってしまったけど」

「え、そうなんですか」

ツンとした痛さが胸を刺した。

藍子が駆け落ちなんかしたのは、村のいろんなことの他に、自分の将来を読んでしまったせいではないのか。ふと、そんな気がする。同じように、自分の将来を知ってしまった人のことが胸に浮かんだ。

「うちのお祖父ちゃんには、教えたんですね。いつ亡くなるのか、だれが次の村長になるのか」

「ええ、二年前に」

二年前とは、藍子が村を出た年だ。

「勘助さんは少しも動揺しませんでした。育雄さんが後を継ぐことを喜んでいたわよ」

「そうでしたか」

奈央は自分が少しも祖父になつかなかったことを思って、急にいたたまれなくなる。

ごちゃごちゃした居間が沈黙につつまれて、ちょっと息苦しくなった。

それに耐えかねたように、麒麟が口をはさむ。

「あの——楠美博士って人が予言暦の研究をしていたって聞きましたけど」

「楠美博士のことまで知っているの？　あんたたち、まるで巫女みたいねえ」

藍子の細い顔が、感心したように輝いた。

「楠美博士は最初、予言暦を催眠術みたいなものだと思ったみたい。村の人たちが巫女のいう言葉の暗示にかかっているんだって。でも、天気のことまで読み取ってしまうのだから、さすがに違うと判ったようよ」

「藍子さんは、今でも予言暦が読めますか？　もし予言暦で判るなら教えてほしいことがあるんです。新聞記者の岡崎さんが立ち入り禁止の洋館で殺されそうになったとき——」

助けてくれたのは、藍子さん、あなたですか？

奈央はそう問おうとしたけど、口から出たのは別の言葉だった。

「その犯人が知りたいんです。犯人がだれなのか。何をしようとしているのか」

「どうして、そんなことが知りたいの？」

「乗りかかった船ですから」

正直に答える奈央の膝を後ろ手で叩いてから、麒麟がグッと居住まいを正した。

「そいつ、悪人だと思うんです。いくら部外者が予言暦を探しに来たからって、殺そうとするのはやり過ぎでしょ。絶対に間違ってると思います」

「――そのとおりね」

少しの間を置いて、藍子はうなずいた。

ちらりとかたわらに視線を投げると、よろず屋はずんぐりした体を持ち上げて、店の戸を閉めに行った。ガラス戸にカーテンを掛けると部屋にもどり、店との間をしきる障子も閉ざしてしまう。

突然のことで驚く奈央たちをよそに、よろず屋は奥の窓も閉めてカーテンを掛けてしまったので、部屋の中はにわかに蒸し暑さが立ち込め出した。

「ちょっと――何をしているんですか？」

麒麟が警戒した声を出す。

しかし、よろず屋も藍子も知らん顔でロウソクを灯して、香まで焚き始めた。

ひどい暑さと煙たさで、息苦しくなる。

両手で煙を払いながら文句を云いかけた奈央は、「え？」と云って眉根を寄せた。

予言暦の中に、文字とも図形ともとれるシミが浮き出て見えたのである。

シミは、まるで奈央に気付かれたことを怖れるみたいにして、消えてしまう。目に残像が焼き付いて、それが３Ｄ画像みたいに赤く浮き上がって見え、やがて消えた。

（そうか、これがスタンダードな使い方なんだ）

たまらなく暑かったし、重い病人の居る中で、わけのわからないことをするものだと混乱もしたけれど、それでも、奈央はよろず屋夫婦が何をしようとしているのか、判った気がした。

藍子は自分の言葉どおり、白紙の予言暦の中に、予言のメッセージを読みとろうとしているに違いない。この蒸し風呂状態は、予言暦を読むにあたって必要な条件なのだ――きっと。

予言暦が昔から同じような使われ方をしてきたのは、表面に着いたよごれから察しがついた。閉ざされた空間で何度も何度もロウソクの煙にいぶされてきたせいで、この紙はひどくよごれているのだ。

奈央がそんなことを考えているうちに、藍子の様子がおかしくなった。

暑さと煙たさで参ってしまったのかと思ったが、よく見ると違っている。口からこぼれ出るうめき声が、独特な節回しの祭文になっていた。

「……アー、アイヤ、ヤアイ、アイヤ、ハー、ハアーイ」

倒れる――と思ったとき、藍子は大振りの数珠《じゅず》を手に取り、畳の上をのたうちまわるようにして、歌い出した。

真っ黒な長い髪が八方に広がって、苦しげに伸ばした手が鉤爪《かぎづめ》のように畳を掻く。

そうして口からこぼれる声は、虻《あぶ》のうなりに似ていた。

『ドキン、ドキン――ココロヲムスブ、アカイイトー、ヤンヤンヤーン、レッドヤーン』

藍子が畳に腹ばいになって唱えているのは、溝江アンナのヒット曲『初恋ドキン！』だ。

（なんなのよ）

いくら何でも、『初恋ドキン！』が霊験あらたかなはずはない。

そう思ったとき、奈央は再び予言暦のよごれた紙の上に、ロウソクの煤とは別のものを見てとった。

それはシミでも文字でもなく、写真のように鮮明なイメージだった。

緑いっぱいの庭の中で、一枚の小さな木の葉が、枝を離れ草の中に落ちる。

（ちがう――あれは、なくしたペンダントヘッドだ）

奈央が失せもののイメージを予言暦の中に読み取っていたのと同じタイミングで、藍子はもっと強烈な託宣を受けていた。

うち伏せていた上体が粘着性の物質みたいにズルリと起き上り、だれを見るともなく見開いた両目には黒目がない。

「うわわ！」

奈央と麒麟は、心底から怖がって互いにしがみ付いた。

藍子は白紙の予言暦を指さし、うめくように云う。

「シチガツハツカ、ベッソウデ……コロス」

「七月二十日？」

考え込んでいたよろず屋が、「あ」と声を上げた。

「旧暦の七月二十日は――今日だよ。八月十五日だ」

「ベッソウデ、コロス！」

「おい、おまえたち――急げ」

よろず屋は白目を剝いている藍子を奈央の手にあずけ、ロウソクを消し、閉ざしたカーテンや窓を開け始める。

驚く奈央の腕の中で藍子は正気にもどり、自分が何を云ったのかを奈央に訊いた。

「ベッソウデ……コロス――だそうです」

「殺す？ だれを？」

藍子と麒麟は、お互いに向かって同じ問いを発している。

その間にもよろず屋は予言暦を元の空箱に入れて古道具の混沌の中に混ぜ込むと、するどくこちらを振り返った。

「早くしろ、手遅れになるぞ」

よろず屋は店の前に停めていた軽ワゴン車にエンジンをかけ、助手席には藍子、後部シートには奈央と麒麟が乗り込んだ。

「いいか？」

「あ、ちょっと待って」

走りかけたクルマを停めさせると、奈央は慌ててよろず屋の店の中へと取って返した。

小銭入れから五百円玉を出して棚の上に置き、売り物のガムテープと油性ペンを摑んでクルマにもどる。

「どうしたんだよ」

「思い出したのよ、ペンダントヘッドを落とした場所」

「あのビーズで作った、変なヤツ？」

「失礼ね」

奈央は怒った口調で云ったけど、頭の中はそれどころではなかった。

あのペンダントヘッドは、溝江アンナがあやうく死にかけた毒草混入茶葉の中から発見されたのだ。それを落とした場所が、毒の出どころということになる。

「犯人、判った」

奈央は「クッ」と口を結ぶと、歯の中から押し出すような声で云った。

2

育雄は平野が運転する公用車で、休日の朝から走り回っていた。

夏祭りが行われる御霊神社に顔を出してから、役場に向かう。休み返上で頑張っている『竜胆南バイパス道路対策室』の職員たちをねぎらって、ふたたびクルマに乗り込んだ。

「次はお昼から県庁で市町村長会議だね。間に合うかな」

昨日も遅くまでバイパス道路建設について、話し合っていた。

しかし、いくら話し合っても、肝心の土地を敵方に押えられてしまったのだから、手も足も出ない。いっそ十文字丈太郎をリコールしてしまえ、などと血迷う者が出てきたが、リコールもなにも、村長選に敗れた十文字は目下のところ公職には就いていないのだ。

「十文字さんを、どうにかして黙らせることができないもんかな」

「育ちゃん、黙らせるだなんて物騒に聞こえるぞ」

「いや、そんなつもりじゃなくて――」

慌てて云ってから、育雄は「あれ？」と目を瞬かせる。

クルマはよろず屋のある三叉路から人込川沿いに進み、通行止めのサカエ橋を渡った。前に見たときには進入禁止のためにチェーンが張られていたが、今日は外されて片付けられている。

育雄を乗せた公用車は橋を渡って、どっしりとした廃屋の前で停まった。

「どうして、こんなところに？」

「まあ、いいから、いいから」

平野はさっさとクルマを降りると、礼儀正しい運転手よろしく、育雄の居る後部座席まで来てドアを開けた。どうしたつもりなのか、運転手らしい白手袋まではめている。

「さあ、村長」

「村長って……？」

平野と育雄は、役場の総務課長と村長と云うより、親分子分という間柄だ。村立の幼稚園に通っていたときからずっと変わらずに、平野が親分、育雄が子分なのである。それは育雄が村長に当選した後も大した変化はない。ことにこうした人目のない場所では、平野は親分というよりいじめっ子に近くなる。

「村長、早く、降りて降りて」

「だって、平野くん。これから、県庁で市町村長会議が——」

「まあ、いいから、いいから」

平野はドアを両手で押さえて、目を細くしていた。育雄に対して下手に出ること自体が、平野にとってはストレスなのだ。云うとおりにしないと、すぐにブチ切れのスイッチが入る。

「ここ、何だっけ?」

「いやだな、村長。あんたン家の別荘じゃないか。子どもの頃に、よくここで遊んだぜ」

「え、そうだったかなあ」

それは怪奇映画の舞台にでもなりそうな洋館だった。建物としては大きくないが、周囲を取り囲む鬱蒼《うっそう》とした樹木を借景に、まるで覆いかぶさるように目の前に迫ってくる。

「ここがどうしたんだ? バイパス道路建設予定地と関係あるわけ?」

「ああ、大いに関係がある」

育雄がクルマを降りると、平野は先に立って洋館のポーチへと歩いて行く。

重厚な造りのドアを開け、育雄が追いついて来るのを待った。

「まさか、こんなところまで十文字さんの手が伸びているわけじゃないよね」

「そういうわけでもないんだが、ちょっと重大な問題が発生してね」

平野の声に、時計の振子の音が重なった。

こんな廃屋で動いている時計があるわけがない。

育雄は幼いころにここで遊んだことを思い出した。

今にしてみれば、建物で遊ぶのが悪いのではなく、近くの人込川に流されたら危ないということだったのだろう。大人たちは幼かった育雄にむかって、おどろおどろしい低い声を作って云ったものだ。

——橋向こうの別荘には、行ってはダメだぞ。楠美博士のお化けが出るからな。

——別荘には行きません。別荘で遊びません。

父の勘助は、怯える育雄を見て満足そうに笑った。勘助もまた楠美博士という人物を心から尊敬していたらしいが、小さな育雄のしつけのためにはお化け扱いすることを、さして悪いとも思っていなかったようだ。

小学校の高学年になると、楠美博士の怪談はむしろ面白い遊びの口実となった。とりわけ、平野はここで肝試しをしたがって、クラスの子分たちを集めてはこっそりとサカエ橋を渡ったものだ。

（あれ？　あの頃はドアに鍵がかかっていたのにな）

たった今、育雄が抜けて来た正面口のドアは、かつては固く閉ざされていた。村の少年たちは腕白ではあったが、いくら廃屋とはいえ、窓や鍵をこわして侵入することはなかった。そのことに、当時の育雄はホッとしていたものだ。彼は遊び友だちに比べて、いささか臆病な少年だった。楠美博士のお化けがこの洋館に住んでいる——本当に、そんな気がしてならなかったのだ。

「ここ、湯木家の持ち物だろう。親父さんが亡くなって、登記の手続きは済んだのか？」

「いや、忘れてた」

忘れていた？　それとも、忘れたかった？　この洋館を相続してしまったら、ここに住んでいる楠美博士の幽霊までいっしょに相続することになりはしまいか？

（馬鹿なことを考えているなあ）

思わず自分を笑おうとして、その笑いが顔の皮一枚下でこわばった。

（ここの持ち主は湯木家なのに——うちで放ったらかしにしているのに、どうしてこんなに片付いているんだろう）

時計の音は、だんだんと大きくなる。

後ろからついて来る平野は、どうでもいいことばかり云っている。——いや、どうでもいいことなんかじゃない。口調だけはひどくいい加減だけど、とても重要なことをしゃべっているのではないのか？

「――あの岡崎修子って新聞記者なあ、本当はここに忍び込んだらしいぞ。何か怪物に襲われて、あやうく死ぬところだったらしい。助けたよろず屋は黙っているけどな、あいつは元から信用のおけない男だから。女房に逃げられたのを口実に、夜になると村中をほっつき歩いてさ、気味が悪いぜ、なあ、育ちゃん」

平野の言葉に合わせて、時計の音が早くなる。

いや、時計の音は一秒に一度鳴ると決まっているじゃないか。

それならば、ここでは廊下を進むごとに時間の流れが速まるのか？

（そんな馬鹿な）

もはや自分自身を笑う気分も失せて、視線を落とした。前へ前へと進む革靴の先だけが見える。時計の音、平野の口調、育雄の足を運ぶリズムが、奇妙なほど一致していた。

広くもない玄関ホールを抜けて、廊下を進んだ突き当り。

かつて、楠美博士が書斎に使っていたという広い部屋に着いた。

屋敷の中で最も奥まった場所だ。

幽霊が住んでいるとされた部屋に、育雄は白髪を刈りそろえた老紳士を見た。夏だというのに毛織《ツイード》のスーツを着こんで、彼の周囲だけ季節も時間もとまったかのように見える。

「え？」

それは、楠美博士なのだ。

父・勘助の古いアルバムで見たのと同じ、上背のある上品な老人である。

(生きていれば……)

楠美博士がもしもまだ生きていたとしたら、百五十歳くらいのはず。

そう思ってようやく、育雄はあいまいな夢想から覚めた気がした。いや、夢から覚めたと思った瞬間に、もっと深い夢の中に落ちたのかも知れない。

なぜなら、楠美博士が動いて、しゃべり出したのだから。

「ようこそ、育雄くん」

何もない部屋の出窓に、メトロノームが一つ置かれている。

時計のように聞こえていたのは、この振子の音だったようだ。

楠美博士はメトロノームを「ギーッ」と動かす。

時をきざむ音は倍の速度になり、育雄は頭の中がぐるぐると回り出した。

しだいに育雄は、故人であるはずの楠美博士と対面していることに、不思議さも疑問も感じなくなってゆく。

「育雄くん、きみが村長に当選するのは決まっていたことだ。なぜならば、きみはこよみ村に必要な男だからだ」

楠美博士がそう云ったあと、部屋に一脚しかないまともなイスをすすめてくれたので、育雄はホッとした。メトロノームのリズムが速くて、気分が悪くなっていたからだ。しかし、それを止めてくれとたのむのは気がひけて、育雄はただおとなしくイスに腰掛けた。

「予言暦に、ぼくのことが書かれてあったんですか？」

予言暦のことは、村人同士でも、むやみに口にしてはいけない。それはこよみ村の人間ならだれもが心得ていることだったが、楠美博士ならば大丈夫だと思った。なぜならば博士は百年以上も村の中心人物であり続けているわけだから。

（ぼくは、えらく変なことを考えてるな。百五十歳の人が、生きているわけないのに）

メトロノームが怒ったように速いリズムを刻み、育雄はしかられた子どものようにシュンとした。

「そう、そう。そうとも」

楠美博士は育雄の心を読んだうえで、それでも寛容にふるまっているようだ。

「予言暦に書かれている――ここでは、そう云うと何でも解決する」

「博士は予言暦を見たんですか？」

思わず、そう尋ねた。楠美博士の仕事が、催眠術と予言暦の研究であったことは、父や祖父から聞いていた。こよみ村に移り住んで研究していたのだから、予言暦を見ていないはずはない。

「竜胆南バイパス道路は、どうなるんです？　実は開発推進派に予定地を買収されて、ぼくらはもう崖っぷちまで追い詰められているんです」

「南バイパス道路か、あれはよくないね。せっかく分離独立したというのに、この居心地のいい村が外界と通じてしまう。これは村に降りかかった災厄だよ。こういった災厄を防ぐには、人柱を立てるというのが昔からのやり方だ」

足音をたてずに後ろに来ていた平野が、育雄の首筋をざらついた指で触った。いや、それは指ではなくナイロン製のロープだ。ロープはくるりと育雄の首に巻かれ、そのまま後ろから引っ張られた。

「え？　え？」

恐慌状態に陥った育雄の額を、楠美博士は軽く押した。

「育雄くん。きみには、これから自殺してもらうよ」

どうしたことなのか、育雄は足が立たなくなり、指一本、眼球すらも動かせなくなる。

「人柱なんて、そんな前近代的なことをしても、何もならないと思っているね」

楠美博士は愉快そうに育雄の回りを一巡した。

「実は、そうではないのだよ。村長のきみが自ら身を投げ出して反対したとなれば、世論も動く。きみの死は無駄にしないから」

育雄はロープで縛《いまし》められた首を振ろうとして、結局少しも動けずに、目ばかり大きく見開く。悪夢の中にでも居るように、舌も回らないし、声も出なかった。あせって呼吸があがり、全身から汗が噴き出した。

「やめろ……」

催眠術だか何だか知らないけど、それほど一生懸命に研究して、こんな馬鹿な選択肢しかないのか？　世論もくそも、これじゃただの人殺しでしょう。

育雄の反論はただ意識の中を空回りするだけで、ロープはどんどん締まってゆく。

「ちゃんと上から吊るさないと、検死でバレるんだけどな。変死ってのは司法解剖するに決まっているから」

テレビドラマで観たんだ、と平野は云っている。どうしてこんな羽目に陥ったのかということより、平野の馬鹿げたもの云いがひどく現実的で、育雄を戦慄させた。

「じゃあ、そうしてください」

楠美博士が答えたときである。

育雄の頭の中に『初恋ドキン！』の歌詞が飛び込んできた。

アンナとは違う、まるでうめくような低い女の声が、それを育雄の脳の中で歌い始める。

『ドキン、ドキン。初恋は一目惚れじゃなきゃ信じちゃダメ』

育雄がつられるままに『初恋ドキン！』を念じるうち、目の前の楠美博士がまるで別人のように見えてきた。

「ほら、立てよ」

平野がイスの脚を蹴飛ばして、育雄は床に転がった。

それが気に入らなかったらしく、平野は二度目の蹴りを育雄の腹めがけて繰り出してくる。

『小指を結ぶ赤い糸、心を結ぶ赤い糸、ヤンヤンヤーン、レッドヤーン』

「何を云ってんだ、こいつ」

平野は無理やり育雄を立たせると、ロープの端を天井の梁めがけて投げ上げた。

（マズイ――決定的に、マズイよ）

気持ちは焦るのだが、体はただ一本の棒にでもなったように動かない。それなのに、頭の中には溝江アンナの歌が、サビの部分だけ繰り返し回っている。

しだいに、楠美博士の姿が、脱皮しかけのセミのように見えてきた。

輪郭がぼやけ、筋肉の付き具合も声の加減も違う、育雄のよく知った別の人間が重なっているのだ。育雄は目を凝らすが、どうしてもそれがだれなのかが判らない。

育雄のそんな変化には気付かず、楠美博士は得意そうにしゃべり続けていた。

「育雄くん、『アンテキティラ島の機械』というのを知っているか？　古代ギリシャで、アルキメデスが造ったとされる、世界最古のコンピュータだよ。天体の運行を計算し、日食を正確に予測する機械だ。一説によれば、それは代理王を立てるために使われたという。

当時、日食はけがれたものとされ、その日に王位に居る者はけがれた王となる。したがって、日食の前に王は一時的に退位して、代理王を立てるんだ。一日だけの王を、囚人の中から選ぶんだよ。代理王は、日食の日が終わると退位させられ処刑される。そうして、王は元の地位にもどるというわけだ」

いまや楠美博士の姿は、二人羽織のようにかさなっていた。

「きみも、その代理王のようなものだ。きみは死んで、このこよみ村を外のけがれから守るんだよ」

育雄に顔を向けているその顔は、なかば透明になっている。

その後ろに隠れたつもりの男を、育雄は知っているはずなのに思い出せない。

頭の中の『初恋ドキン！』は、いよいよおどろおどろしい低い声でうなりはじめ、頭の中だけで育雄との奇妙なデュエットとなる。

『心を結ぶ赤い糸、ヤンヤンヤーン、レッドヤーン。呼んだら、すぐに駆けて来て！』

歌がクライマックスに達したとき、玄関の辺りがにわかに騒々しくなった。

お父さん。

おじさん。

村長さん。

口ぐちに育雄を呼ぶ声がして、われに返る。

その声の中には、頭の中で『初恋ドキン！』を歌う女の声も混ざっていた。

「――――！」

奈央、溝江麒麟、よろず屋、そして初対面の女はよろず屋の妻だろうか、四人が足を踏み鳴らして駆けこんで来る。

「奈央――奈央！」

こちらの方が保護者だとはとても思えない情けなさで娘の名を呼び、そんな自分の声に、背後に居た者が遠ざかって行く気配が重なった。

「こら――待ちなさい！」

縛られているわけでもないのに、両手を背中に回した格好で、育雄は叫んだ。

逃げる男――楠美博士はもちろん、育雄の声に耳を貸すはずもなく、奥の窓に這い上がって外に出る。

「奈央、危ない、よしなさい！」

育雄が呼ぶのも聞かず、奈央は楠美博士を追いかけると、その背中にタックルした。

博士は押し出される格好で窓から外に飛び出し、奈央は部屋のこちらに尻もちをついて転ぶ。あたふたと床を這うようにして追いかけた育雄は、頭のてっぺんから声を出して奈央の無茶を叱った。

「奈央、危ないまねはよしなさい」

「それはこっちのセリフだよ」

奈央はまだ育雄の首にかかったままのロープを手繰り寄せる。

つい今しがたまでその端を摑んでいた平野は、よろず屋に取り押さえられていた。

警察に電話をしている麒麟の横で、髪の長い女が育雄に会釈する。緊張しているためか、その顔色は白さを通り越して黄緑がかって見えた。

「さっきまで『初恋ドキン！』を歌っていたのは、あなたなんですか」

どうしてなのか、そう尋ねる育雄に、女は落ち着いて首肯した。

「はい。『だるまさんがころんだ』でもよかったんですが」

「え、なんですって？」

「村長さんが化かされないように、頭の中に歌いかけていました」

「化かされる？　ぼくは化かされていたんですか？」

キツネに？　タヌキに？　楠美博士に？

「いいえ」

女の人はかぶりを振ってみせた。

「そんな非科学的な存在じゃありません」

今しがたまで育雄の頭に念を送っていた女は、きっぱりとした口調でそう云った。

3

その日の午後、何ごともなかったかのように、子ども歌舞伎が行われた。

この芝居は、毎年、村の御霊神社に奉納されるならわしだった。

南岳のふもとにある御霊神社は、斜面にそって参道が続き、社は斜面を切り開いた平地に建っている。

境内には舞台と観覧席が設《しつら》えられ、参道には綿菓子やゴム風船のヨーヨーを売る露店が建ち、境内の端には商工会女性部が地元のメロンを切り売りする直売所ができた。

社務所で支度する子どもたちを待つ間、観客は持ち寄った弁当を自慢し合い、直売所のメロンを味見したりと、飽きることなく過ごしている。

「あの箱、何なのかしらね？『勧進帳』に箱なんて登場した？」

舞台上にぽつねんと置かれた箱をさして、アンナが多喜子に話しかけた。

段ボールに細工をして色紙《いろがみ》を貼っただけの、急ごしらえの舞台道具らしい。

「釣鐘の代わりじゃないかしら」

「釣鐘は、また別の話でしょう。湯木家の嫁なら、お芝居の教養くらい身につけておかないと」

口をはさんだのは、多喜子の天敵・三人の義理叔母たちである。

三人は奈央の晴れ舞台を観に駆け付けたのはいいが、まるで後追いする子どものように、多喜子の行く先々について回っていた。奈央は舞台のしたくやら友だち付き合いやらで忙しく、育雄などは朝からどこへ行ったものか姿も見せないためだ。

「まったく、多喜子さん。こよみ村にはあなたのような都会育ちの人は似合いませんよ」

多喜子が単身主婦などしていたのを許せなかったはずが、こよみ村に住むようになったのもまた気に入らないらしい。

「あら、でも、アンナさんのことを云っているんじゃないのよ」

「この村に住みたくない人に、いやいや住んでほしくないということです」

「姉さん、今年のメロンは甘いこと」

「こよみ村のメロンを食べたら、よそさまのものは食べられないわ」

「夕張メロンはもっと美味しいですよ」

多喜子がけろりとして云うと、憤慨の声を上げる義理叔母たちは三人同時に立ち上がる。

「ああ、もう我慢できない」

いちばん年かさの繁子が猛然と云い放ち、二人の妹たちを引き連れてその場を離れた。

夕張メロンをほめたのがさほどに我慢ならなかったのかと思ったら、三人が駆け込んだのは観客のために用意された簡易トイレだった。

「ユニークなご親戚ね」

アンナは、取り繕うように笑って視線を舞台にもどす。

「ともかく、釣鐘の代わりじゃないことは判明しました」

「練習を見に行ったけど、ああいう箱はなかったのよね」

話していると、観客席が急に沸いた。

舞台が始まったのかと思ったが、まだ子どもたちが登場する気配はない。

不思議に思って周囲を見渡したママ友の二人は、観客たちの笑顔の輪の中心に松浦が居るのを見てとった。どうしたわけなのか、彼が通った後から和やかな笑いが広がって、当の松浦自身が面食らっている。

「松浦さん、こっち、こっち」

アンナが手招きすると、困り顔の松浦がやって来て腰を下ろした。

「松浦さん、どうしたの？　急に人気者になっちゃって」

「あら、松浦さんは元から人気者よ」

春から練習していた舞台がいよいよ本番だというのに、松浦の顔色はさえなかった。

「竜胆市から、警察が来ましてね。役場の総務課長が連れて行かれたみたいです」

「平野さんが警察に連れて行かれたって？」

「いったい、どうして？」

「それが、よく判らないんです」

ママ友二人が悪趣味な好奇心に目を輝かせると、松浦は整った顔をくもらせた。

「平野課長、今日は村長と一緒に、市町村長会議に行くはずだったんですよ。でも村長の姿は見えないし、平野さんは警察に連行されたし」

「あら、いやだ」

多喜子は急に顔色をくもらせた。

携帯電話で育雄に掛けてみたが、出る気配がない。

三人の緊張した面持ちが変化したのは、携帯電話の着信音が境内のどこからか聞こえて来たためだった。

そうと察したとき、社務所の玄関から衣装を着けた子どもたちが登場する。社務所と舞台をつなぐ通路がそのまま花道になっていて、子どもたちは本職の俳優さながらに、観客たちの声援を受けながら舞台へと上がった。

「そんなことより――」

「村長、この会場に来ているんですかね？　確かに鳴ってますよ、電話が」

立ち上がって辺りを見渡そうとする松浦は、他の客たちに文句を云われて座り直した。

電話の着信音は歓声に掻き消えて、多喜子も諦めたように電話を切った。

「警察の人は帰っちゃったの？」

「ええ、おそらく」

——かように、そうろう者は、加賀の国の住人、富樫左衛門《とがしのさえもん》にて、そうろう。

舞台では大谷沙彩のセリフから『勧進帳』の物語が始まる。

「わたし、役場に電話をしてみます」

多喜子が席を立って参道の石段に向かううちにも、麒麟＝義経が登場して舞台が盛り上がってゆく。

——いかに、弁慶、道々も申すごとく、かく、行く先々に、関所あって、しょせん、陸奥《みちのく》までは、思いもよらず。

多喜子はこよみ村役場の代表番号から始めて、登録してある直通番号に片っ端から電話をした。休日なこともあり、多喜子が電話した先の人たちの多くが、この観客席に集まっているに違いない。そんな皮肉なジレンマで頭の中がチリチリしてきたころ、ようやく話が通じたのが『竜胆南バイパス道路対策室』だった。

——村長なら、確かに今朝方、こちらにいらっしゃいましたよ。これから県庁の市町村長会議に向かうと云われてましたが。

「平野総務課長も一緒でしたか？」

――はい。お二人とも一緒に見えました。

看護師か保育士みたいに、はっきりゆっくり話す女性職員の声を聞いていると、多喜子は自分が何かとても場違いな電話をして相手を困らせているような気がしてきた。

「あの――平野課長が警察に連れて行かれたって、ご存知ですか」

――え？　聞いておりませんが。少々お待ちください。

そこからが長かった。

多喜子が電話で待たされているうちに、舞台上では義経一行が足止めをくらい、いよいよ奈央＝弁慶の見せ場が始まろうとしている。

――もとより、勧進帳の、あらばこそ。笈《おい》の内より、往来《おうらい》の、巻物一巻《いちかん》取りいだし、勧進帳と名付けつつ、高らかにこそ、読み上げけれ。

唄が弁慶の見せ場を宣言しても、電話からの保留のオルゴール音は鳴りやまず、多喜子はいらいらと通話を切った。

（らちがあかないわ）

もう一度、育雄に掛けようか。

そう思いながら、心もとない歩調で舞台の方へと歩いて行く。

今しも始まる見せ場では、奈央は例の変てこな段ボール箱の前に立ち——しかしニコニコと笑うばかりで何もしゃべらない。

奇妙で不自然な間があいた。

いつの間にか最前列に移動していた大叔母たちが、プロンプターよろしく押し殺した声で弁慶のセリフを教えようとする。けれども奈央はにんまりとしたまま何もしゃべらず、歌舞伎らしい所作で会場を見渡すと、やがて見得を切るように顔を正面に据えた。

そうして出たセリフは、だれも予想しないものだった。

「だるまさんがころんだ。だるまさんがころんだ。だるまさんがころんだ」

「何云ってんの、奈央」

思わずつぶやいた多喜子の声が聞こえたのでもなかろうが、奈央は改めて勧進帳を持ち上げると、やはりセリフとはまるで関係のないことを語り出す。

「昔々。昔と云っても、『勧進帳』の時代よりはずっと後の明治時代、千里眼や降霊術、催眠術などが大流行しました。竜胆大学の楠美周一郎という先生は、そんな怪しげなものが新しい科学みたいな云われ方をして世の中にはびこることに、最初は猛反発していたそうです。

けれども、楠美先生はこうした非科学的なものを論破しようとして、特に催眠術の研究をするうちに、逆にこれにハマってしまいました」

奈央はできる限り早口で、けれど話がはっきりと伝わるように、芝居のときと同じ明朗な声で話す。

芝居の内容が突然入れ替わったので、最初のうちは啞然としていた観客たちだったが、しだいにざわめきだした。

奈央の話し出したのが、楠美周一郎博士という、村のナゾの核心に触れることだったからだ。聴衆はこのまま耳を傾けるべきか、それとも奈央の語りをやめさせるべきか迷っているようだった。

「当時、催眠術は大変に流行したのですが、取り締まりの対象でもありました。そんな危ない学問にすっかりのめり込んだ楠美博士は、大学から追い出されてしまいました。そのとき楠美博士を救ったのが、わたしのヒイ祖父ちゃんの湯木進です。楠美博士と、博士の弟子で親友だった松浦直之さんを、こよみ村に招き入れました。松浦直之という人は、村八分の松浦さんのヒイお祖父さんです。直之氏は村はずれの一軒家に住み、村の雑用をして暮らしを立てました。物知りで親切な人だったので、よそ者に警戒心の強かった村の人も彼を受け入れました。だから、親しい憎まれ口で『村八分』なんて呼んだのです。それ以来、松浦家は代々こよみ村の『村八分』をしています。

一方、楠美博士は湯木家の別荘である洋館――立ち入り禁止のサカエ橋の向こう側――今では空き家になっている家に住み、催眠術の研究に明け暮れました。そのうちに、こよみ村に古くからある予言暦に興味を持つようになりました。皆さんも知っていますよね、予言暦のこと」

ここで奈央はいったん言葉を切ると、ぐるりと聴衆を眺めまわす。

奈央はある意味で、ここに集った大人たちを挑発していた。生まれついて予言暦という『迷信』を信じ込まされ、その本当の姿も意味も知ろうとはせず、ただ漫然と畏れてきた人たちを。同時に、予言暦を追いかけて、この村をかき回している『犯人』に対しても、もっと強烈に挑発していたのである。

「予言暦には、こよみ村で起こることが全て記されている。予言暦を制する者は、こよみ村を制するということかしら」

奈央は「えへん」と芝居らしい咳払いをして、ふてぶてしい様子で笑った。

木漏れ日がその全身に降って、山伏の装束を着けた少女の姿が、まるで人知を超えたもの——山の精霊のようにも見える。

「楠美博士には、野心なんてものはなかったんです。博士はこよみ村の山河を愛し、予言暦という不思議なものを信じる人たちを愛しました。その分だけ、自分を受け入れなかった竜胆市や竜胆大学を恨みました。そのころ、こよみ村は竜胆市から分離独立を果たしましたが、これは楠美博士が得意の催眠術で、関係者たちを操ったのかも知れませんよね。つまり、当時の人たちが催眠術破りの呪文を知っていたら、こよみ村は竜胆市の一角として、どこもかしこも今とは別の風景になっていたのかも知れません」

　そこでひと息ついた奈央に、観客席の最前列に居た男が声をかける。

　麻のスーツに昔風の山高帽をかぶり、達磨のような体型のその人は、扇子で顔をあおぎながら大らかに云った。

「奈央くん。きみは、催眠術破りの呪文とやらを知っているのかね？」

「ええ、知っていますよ、十文字先生。——だるまさんがころんだ、だるまさんがころんだ、だるまさんがころんだ。この際だから、皆さんも覚えてくださいね。——だるまさんがころんだ、だるまさんがころんだ、だるまさんがころんだ」

　奈央は今度は、西洋の貴婦人みたいな所作でお辞儀をする。

「楠美博士はこの村で催眠術と予言暦の研究をして、しずかに生涯を閉じました。それはさておき、最近になっての騒ぎのことです。

　うちの父・育雄が村長に当選した前後から、なんだかこよみ村が騒がしくなっています。

　占い師や新聞記者が予言暦を求めて村に忍び込んだのは、新しい村長が新しい運気を運んで来たからなのでしょうか？　それとも、湯木勘助という重しが消えた村に、招かれざる客が入り込む隙が生じたからでしょうか？

　占い師のマヤ・マッケンジーさんも、新聞記者の岡崎修子さんも、なぜか村での記憶をなくして出て行きました。

これは、催眠術のなせるわざかも知れません。そうだとしたら、楠美博士はまだ生きている？　いいえ、博士は確かにお墓の中で眠っています。ならば、だれかがその技を受け継いでいる？」

ここで奈央は言葉を切って、ぐっと眉間に力を入れた。

同時に、場違いなドラムロールが鳴り渡った。麒麟があらかじめ舞台に隠していた、CDラジカセのスイッチを入れたのである。

舞台の手前中央に居た奈央は、通路側に退いて場所を開ける。

同じタイミングで、芝居が始まる前から舞台上にあった段ボール箱——にわか造りの舞台道具のふたが弾けるように開いた。中身を飲みきったスポーツドリンクのペットボトルが、ポポーンと飛び出す。

見守る全員が固唾《かたず》をのむ中で、段ボール箱の中から飛び出したのは、湯木育雄だった。

「奈央、長い！」

暑かったのだろう、育雄は全身が汗だくで服を着たまま水浴びでもしたようなありさまになっている。そんな様子で客席に鋭い視線を投げるものだから、こよみ村の一同は彼の当選スピーチのときよりも、よっぽど畏敬の気持ちを込めて育雄に注目した。

「ぼくはさっき、立ち入り禁止の洋館に連れ込まれて、あやうく殺されかけました。犯人は総務課長の平野駿一ともう一人――あいつだ」

指さす先に居たのは、松浦だった。

「湯木さん、何を云ってるんですか？」

「ぼくがきみに殺されかけたと云っているんだ」

育雄は、およそ育雄らしくない怒気をこめて、松浦を告発した。

松浦は困ったように笑い、その笑顔がうまく形にならないまま、かぶりを振った。

「どうしちゃったんですか、村長」

「村長？　きみこそ、村長になりたかったんだよね。そもそも、きみの望みは、村長になることだけで、村の行く末なんかどうでもよかった。本心では開発促進派でも、自然保護派でもなかったんだ。自然保護派の立場に回ったのは、そっちの方が都合がよかったからなんだろう」

「それは湯木さんの被害妄想だ」

「被害妄想じゃない！　人を殺そうとしておいて、よくも、そんなことが云えるな」

育雄はロープでできた痣《あざ》を見せようと、首を伸ばした格好で一回りしてみせた。

聴衆がざわつく。

松浦と同じく「被害妄想だ」「村長がおかしくなった」とささやき合う声は少なからずあったが、育雄はひるまなかった。絞殺されかけたショックに加え、箱の中で長く待たされたイライラが、育雄から分別などというものをぬぐい去っていた。

「松浦くんの計算は、こうだ。

前の村長――湯木勘助の生きているうちは、その座を奪うことは困難だった。親父は強烈な人だったからな。だから、いったんは前村長の息子――つまりぼくを当選させて、自然保護派の旗頭に祭り上げた。

しかし、十文字さんたちの攻勢の前には、ぼくなんかタジタジだ。それで弱り果てた自然保護派の村長――つまりぼくは、自分の無力を苦に自殺する。もちろん、ぼくにそんな気はないから、実際は自殺に見せかけて殺してしまう。

ぼくの死後、松浦くんは『湯木育雄さんの志はムダにしません』なんて云って、村長選挙に立候補して当選を果たす――。

つまり、ぼくは最初から都合のいい人柱要員だったわけだ。

ところが、とんだ番狂わせが起こったんだよね、松浦くん。たとえぼくが死んだとしても、松浦くんは自分じゃ勝てないという予測を突きつけられてしまった。それが『こよみ村・非公式・選挙管理委員会』ってウェブサイトなんだよね」

そこで、ざわめきが一層大きくなった。問題のウェブサイトのことは、少なからぬ数の村民が閲覧していたようだ。

「あのウェブサイトの中には、次期村長選予想ってページがある。皆さんも、ご存知の方が多いようですね。サイト管理者が独断と偏見で選んだ候補者の中から、こよみ村の次期村長を選ぶという趣向のページだ。

あれは松浦くんにとって『白雪姫』の童話と同じものだったんですよ。

『この世で一番、村長にふさわしいのはだぁれ』

『それは溝江アンナさんです』

　これで松浦くんは、カッとなった。

　タレントが政治家に転身するのは、よくあることだからね。ぼく、湯木育雄を始末した後で——ようやく自分の番がきたときに、アンナさんが村長選挙に立候補なんかしたら、大変だ。だから、松浦くん、きみはアンナさんが飲むゲンノショウコのお茶の中にトリカブトを混ぜたんだろう」

　そこで息をついた育雄に代わって、奈央がしゃべり出す。

「あのウェブサイト『こよみ村・非公式・選挙管理委員会』を作った本人ならご承知でしょうけど、ＨＴＭＬコンテンツのソースってのは、簡単に見られるようになってるのよ。その最初の部分に、ファイル作成ツールの名前が書いてあったわ。Homepage School Version 7.1——これと同じソフトが、松浦さんの家にもあったはずよ」

「奈央、何云ってんだか判んない」

　小声で口をはさむデジタル音痴の父・育雄に向かって、奈央は厳しい面持で補足する。

「つまり、『こよみ村・非公式・選挙管理委員会』のウェブサイトを作ったのは、松浦さんだってこと」

「え、そうだったの」

親子のとぼけた会話が、ことのほか癇に障ったらしく、松浦は「白々しい」と毒づく。

「ぼくが仮にあのサイトの管理者だったとして、アンナさんの事故とは無関係だ。村長が主張する人殺しについても、ぼくと結びつけるのは極めてナンセンスですよ。だいいち、どうしてアンナさんの飲むお茶にぼくが毒を入れられるっていうんですか」

「松浦さん、自宅の庭でとれたゲンノショウコをアンナさんにあげてたでしょ」

奈央は一歩前に出て、境内の端まで響き渡るように声を張り上げた。

「わたしが、ビーズのペンダントヘッドを落としたのは、松浦さん家《ち》の庭だった。そのペンダントヘッドが、毒入りの茶葉の中から出てきたんです。つまり、アンナさんが飲んだ毒草混じりのお茶の出どころは、松浦さんの庭なのよ」

「うそもたいがいにしろ」

松浦は憤然と立ち上がる。

けれど、聴衆からは動揺と同時に、なぜか笑いが起こった。

「きみのものが毒入り茶葉から出て来たんなら、犯人はきみってことでしょう」

松浦は動じることなく、舞台に向かって進んでゆく。

その足取りには、まるで花道を歩む役者のような、華麗な威圧感があった。

けれど、笑う場面なんかじゃないのに、松浦の背後の客席からクスクス笑いが追ってくる。

「ああ、もう、往生際が悪いなあ」

奈央は腕をまっすぐにのばす。

「その背中の落書きが目に入らぬか！」

変な緊張感のせいか、会場がドッと沸いた。

皆は笑っていたが、その顔はちょっと引きつってもいる。

全員の問うような視線が集まるのを待って、奈央は説明した。

「さっき、うちの父を殺そうとした犯人――平野総務課長のことは、皆で摑まえたんだけど、平野さんに指示を出していたもう一人を、逃がしてしまったのよ。でも、わたし、逃げてゆく犯人の背中にそれを貼り付けたんです」

そこではじめて、松浦は自分の登場と同時に会場から笑いが起こったわけを知った。

松浦の背中に、Ａ４サイズのコピー用紙が貼り付けてある。

転んだ達磨の絵柄に、『犯人はわたしです』と吹き出しが書き込まれていた。

「ふ、ざけるな――」

背中に貼られた紙をむしり取ると、松浦はかつてだれにも見せたことのない憤怒の形相を湯木親子に向けた。

——村八分が、生意気な真似を！

だれかが云った声に、ギラリと振り返った松浦の表情は、ただそれだけで人を戦慄させるに足りた。

「————！」

その場に居た一同は松浦から逃げようとする者、逆に取り押さえようとする者で大混乱になった。

舞台に居た役者や囃子方《はやしかた》も、逃げ出そうとする者と、体がこわばってしまって動けない者とに分かれた。

皮肉なことに、松浦と対決していたはずの湯木親子はそろって体が硬直してしまい、その場から動けなくなっていた。二人とも、気丈にふるまっていたつもりが、実のところ限界まで虚勢を張っていたのである。

そんな間にも松浦は舞台に駆けあがると、麒麟がドラムロールを鳴らしたCDラジカセに飛びついて、あらかじめ持っていた別の円盤と入れ替えた。

ボリュームを最大にして再生ボタンを押すと、皆がよく知る音が流れ出した。「ワーン、ワーン」という、決して慣れることのない警報だ。

「あれ？」

逃げる者も、松浦を捕えようとして舞台に上がって来る者も、全員の視界がブレた。まるで合わないメガネをかけたときのように目の前がぼやけ、その中心に居る男の姿だけが鮮明に映る。真夏の日差しの中で毛織《ツイード》の上下を着た、白髪の老科学者だった。たった今まで松浦が居た場所に、何十年も前に亡くなったはずの楠美博士が立っているのだ。

「わ！」

老人の姿をした者は、ドラムロールを録音していたCDを力任せに割ると、鋭く割れた面を振りかざして奈央に飛びかかってくる。

逃げる間もなく奈央は捕えられ、のどもとに割れたCDの先を突き付けられた。

「奈央——奈央」

父のおろおろ声が聞こえた。

楠美博士の姿をした者は、奈央を人形のように軽々と振り回すと、舞台を降り客席を蹴散らすようにして参道の石段を降り始めた。

CDの切り口がのど元に迫り、奈央は悲鳴をあげた。

「だるまさんがころんだ、だるまさんがころんだ、だるまさんがころんだ——」

境内では十文字丈太郎が朗々としたテノールでそう唱え、居合わせた人たちが唱和を始める。からっぽになった頭の中に、その声がしみわたるにつれ、奈央を横抱きに捕まえた男の姿が溶けて楠美博士から松浦へ、そしてまた楠美博士へと変わる。

「湯木、よけろ——！」

変声期のしゃがれ声が奈央を追いかけてきて、何かが投げつけられた。

（麒麟、何よ？）

麒麟が放ったものは、メロンの皮である。

松浦を転ばそうとした、とっさの行動だった。

それは足元に落ち、麒麟がよけろと云ったのに、奈央はまともに踏んづけてしまう。

ズルリ。

気味の悪い感触とともに、奈央の足が滑った。

奈央はそのまま転び、奈央を捕えている松浦はとっさに、ＣＤの切り口から奈央をかばおうとしたように見えた。

（松浦さん……？）

次の瞬間、松浦も奈央と一緒に転び、参道の石段を転げ落ちる。

「湯木、おれから離れるな！」

追いかけてきた麒麟が、奈央を背中から抱きとめ、大人たちは落ちてゆく松浦を追って石段を駆け抜けた。

境内で鳴る半鐘の音はやみ、「だるまさんがころんだ」の合唱だけが残る。

石段をふもとまで転げ落ちた松浦は、全身を打って気を失っていた。

4

竜胆市で開かれた市町村合併協議会のシンポジウムを終え、市民ホールの回転ドアを抜けようとしたとき、育雄は後ろから来た男に腕を引っ張られ、あやうくドアにはさまりかけた。

「十文字先生」

太った男と一緒に回転ドアを苦心して抜けると、受付事務室から警備員がスッ飛んで来る。

「危ないですから、回転ドアは一人ずつ通ってください」

警備員に叱られて育雄はぺこぺこと頭を下げ、十文字は「湯木くん、今度から気をつけなさい」なんて平然と云った。

「育雄くん、カラオケに行かないかね」

「はあ?」

唖然と、育雄は聞き返す。

「十文字先生、ご無事ですか?」

敵方の旗頭と一緒に居る十文字を気遣い、側近たちが駆け付けた。

十文字は、テレビのお笑いタレントが「なんでやねん」と云うときの手振りをして、配下の者たちを追い払った。

「せっかく二人で竜胆市に居るんだ。カラオケに行こう」

「はあ」

こよみ村にはないカラオケボックスという施設が、十文字にはむしょうに楽しい場所であるらしい。お追従《ついしょう》を云う家族や側近から離れ、リップサービスの下手な育雄を相手に、十文字丈太郎は演歌ばかりを十曲も続けて歌った。十文字はよく伸びる声の持ち主だったが、ちょっとばかり音痴であることが判った。

「育雄くんよ、わたしは音痴だと思うかね」

「気にするほどじゃありませんよ」

「やはり音痴なんだね」

十文字が思いがけず悲しそうに云うので、育雄は慌てた。

「そんな、気にするほどひどくないですから」

「これだから、困るんだ」

「いや、すみません」

あやまる育雄をじっと見て、十文字はまた「なんでやねん」の手振りをする。

「そうじゃない。わたしのそばには、音痴すら指摘してくれる者がいないと云っているんだ。真実の自分を知るには、こうして敵対するきみに付き合ってもらわねばならん。わたしの抱える、問題はそれなのだよ」

「はあ」

「はあ、じゃない。しっかりと腹の底から声を出しなさい」

「すみません、すみません」

謝っているうちに無理にマイクを押し付けられ、育雄は狼狽しつつ奈央がよく聞いている流行歌を一曲歌った。音痴ではないが、うまくもない。

十文字は再びマイクをにぎると、育雄の知らないデュエット曲を一人で二人分うたう。

「ああ、楽しい。こよみ村の開発が進んだら、真っ先にカラオケボックスを誘致しよう」

短い両腕をバンザイの格好で伸ばして、十文字は猫のように目を細めた。

それから、ふっと普段通りの顔になる。政治家らしい底意の読めない目で、育雄を真正面から見据えた。

「きみは味方だったはずの平野や松浦を失い、もはや予言暦の魔力さえきみを助けてはくれないだろう。竜胆南バイパス道路の建設は、近いうちに動き出すよ。竜胆市との合併の話も進み始めた。きみは、それでも、あの村を陸の孤島にしようと頑張る気かね？」

射るような鋭い視線の前に、育雄は困ったように自分のひざに目を落とす。

「ぼくは、カラオケボックスよりも、南岳の自然の方がいいなあって思います。こよみ村に住むぼくらがカラオケを歌いたくなったら、ここに来ればいい。村の外の人たちが南岳を観たくなったら、こよみ村に来たらいい。ぼくは、そう思うんです」

「あんな鳥も通わぬ村に、だれが行くものか」

十文字は怒ったように云い、それが以前、多喜子の口から出た言葉と同じだったのを思い出して、育雄は少し愉快になった。

「ぼくの妻は来てくれましたよ。アンナさんも、わざわざ東京から移り住んで五年になるそうです」

「ふん。二、三人が増えたところで、どうなるというものでもあるまい。村には若者が居付かず、年寄は病気になってもろくすっぽ病院通いも出来ない。そんな現実をどうにかしようとすれば、きみらみたいなやからが文句を云うんだ」

十文字は憤然と腕を組む。

この人はこうしていると、本当に達磨の置物に似ているなあと、育雄は頭のすみで考えた。

「日本中が東京みたいになることはないでしょうが、十文字先生みたいな人ががんばったら、日本中が竜胆市くらいになることはあるかも知れない。でも、それじゃあ、ちょっとつまらないと思うんですよ」

育雄は歌本で『ふるさと』を探すと、リモコンでその番号を入力した。

――兎追いし、かの山。

相変わらず、音は外れないが少しもうまくない。

歌い終わると、十文字が横合いから睨んでいた。

「今のは、あてつけかね、育雄くん」

「ぼくみたいに伸びもしない声で歌っても、こういう歌はよく聞こえないんですね。十文字先生は声がいいのにちょっとだけ音痴だ。だったら、二人で歌ったら、よく聞こえるかも知れない」

「そうかな」

十文字は、すぐに機嫌を直した。

そそくさと機械に同じ番号を入れ込み、二人の男は声を揃えて歌ってみる。

――兎追いし、かの山。小鮒釣りし、かの川。

結果は自分たちの耳にも上手いとは云いかねるありさまで、育雄と十文字は声を出して笑った。

歌う声は少しも合わなかったのに、腹がよじれて笑う声は不思議にぴったり合っていた。

＊

夏休み最後の日の午後、駅のホームに置かれたベンチで、奈央と麒麟は南岳の山並みを眺めていた。

道路開発と自然保護の間で揺れている山の景色は、木の一本一本までがいつもより鮮明に見える。それはまるで、絵具が乾く前の絵を見ているようだった。

「雨が近いんだわ。あんた方も、降り出す前にお帰んなさい」

病院から一時帰宅していた藍子は、よろず屋に付き添われて電車に乗り込んだ。

藍子と居るときのよろず屋は、いつもより男前だ。そのことをだれよりよく気付いているのは藍子で、同時にだれよりも悲しんでいるし悔やんでいるように見えた。

奈央がはじめてこのホームに来たとき、白樺の林からこちらを見ていたのは、藍子だったのではないか。新聞記者の岡崎修子を助けたのも、やはり藍子だったのではないか。こよみ村に帰りたくても帰れなかった藍子の魂が、『山の人』となって戻って来ていたのではなかったか。

「ねえ、そう思わない？」

「何云ってんの」

麒麟はそっけなく云ってから「生きたまま魂が離れるって話は、昔からよくあるけど」と付け足した。

里より一足早い雨で、山の景色はどんどん潤んでゆく。

それを眺めながら、奈央は肩をすくめた。

「巫女の仕事って不思議よね」

「あ？　うん」

「予言暦を読むってさ、暑い中でも戸なんか閉め切ってロウソクを灯して香をバンバン焚いて、ちょっとした酸欠状態を作るんでしょ。その中に居て朦朧《もうろう》となってくると、何も書かれていない紙の上に文字や絵が読み取れるようになる。昔から、藍子さんみたいな巫女たちは、そうやって予言暦を読んできたんだねえ」

巫女が超常のものの声を聞くときには、鳴り物をならし、祭文を唱え、ロウソクの火で、あるいは香を焚いて視覚や嗅覚を混乱させる。そんな一種の極限状態に自分を追い込むことによって、普段は眠っている第六感を目覚めさせるのだ。

無茶なやり方だが、奈央たちは実際に体験した。

そういう巫女たちが集まってこよみ講というグループを作ってきたが、こよみ講は今では藍子一人だけになってしまった。

このまま藍子にもしものことがあったら、予言暦を読める人は居なくなってしまう。

奈央も麒麟も「きっと、大丈夫だよ」と云いたいのに、それはどちらも口にはできなかった。

「あのときは、たまたま事件を予言しちゃったけどさ――」

奈央は、藍子が父の危急を云い当てたときのことを思い浮かべる。

「藍子さんは、わたしたちにこよみ講の仕事を見せたかったのかもって思うの」

「おれたちに、こよみ講を引き継いでほしいってこと？」

「たぶん違うけど、そうかも知れない」

「どっちなんだよ」

奈央たちは巫女ではないから、予言暦を読むことができない。

でも、こよみ村には確かに予言暦というものがあって、それが役にたっていた時代があったのだと、藍子は云いたかったに違いない。

でも、言葉にすると藍子がすぐに居なくなってしまう気がして、奈央は無理に話題を変えた。

「警察の人がお父さんのところに来てね、岡崎さんの事件のことを話してた」

「新聞記者の岡崎さん？」

「うん」

予言暦を求めてこよみ村に入り込んだ岡崎修子は、立ち入り禁止の洋館で、あやうく死にかけた。怪しい覆面人間に首を絞められていたのだ。

奈央たちが駆け付けたおかげで事件は未遂におわったけれど、居合わせた全員が催眠術にかけられたために、事件そのものがうやむやにされていた。——実際には、奈央と岡崎修子は、現実に起こったことを覚えてはいたのだが。

「あれも松浦さんが、自分のしたことだと自供したそうよ。岡崎さんの首を絞めたのも、わたしたちにかけた催眠術も」

自供の突破口になったのは、松浦宅から押収されたICレコーダーだった。

元はといえば岡崎記者の持ちもので、彼女が襲われたときに奈央たちが洋館のポーチで拾ったのだ。そこに録音されていた奈央たちの名前を呼びつらねた声が、松浦の声紋と一致したらしい。

「わたしたちを騙すはずだったものが、物的証拠になっちゃったなんて皮肉ね」

奈央はそう云ってから、鼻の上にしわをつくる。

占い師のマヤ・マッケンジーの騒ぎも、そうだったに違いない。

マヤ・マッケンジーが育雄の選挙事務所で発見されるまでの間に、数分間だけ松浦と二人きりになる時間があった。そのときに、松浦はマヤ・マッケンジーに暗示をかけて、予言暦に関する記憶を封じてしまった。

「つまりさ、松浦さんが楠美博士の後継者だったってわけか？」

「後継者かどうかは判らないけど、催眠術で人を手玉にとることが出来たのは確かよね」

奈央は視線を落として、自分の運動靴のつまさきを見つめた。

「こよみ村の村八分は、皆に好かれる役目だって云うけど――でも、松浦さんはやっぱり村八分で居るのがいやだったんじゃないかな」

――村八分が、生意気な真似を！

神社の境内で、だれかがそう云ったときの、松浦の強烈な憎悪のまなざしを思い出した。

曽祖父の代から村はずれに住み、同じ仕事に縛り付けられてきたことが、今回の騒動の動機であるような気がした。

「松浦さんはいろんなことが出来るのに、それでもいつだって縁の下の力持ちでいなくちゃなんない。最初はウェブサイトを立ち上げたりして鬱憤を晴らしていたけど、だんだんとそれだけじゃ満足できなくなっていったのかも」

「だったら、さっさと自分でも村長選に立候補したらよかったじゃないか。馬鹿な小細工なんかしないでさ」

「松浦さんは予言暦が読めないし在り場所も判らなかったろうけど、今も将来も、予言暦に村長として自分の名前が現れないことは、判ってたんじゃないかな」

「どういうことだよ」

育雄を人柱にすることで、自分にチャンスが回って来るように画策した松浦だが、たとえ悪だくみが実現したとしても、そこから先には進めなかったのではないかと奈央は思う。

「お父さんが云ってたじゃない？　松浦さんは、こよみ村の行く末なんかどうでもよくて、ただ村長になりたかっただけだって」

「うん、云ってた」

「そんな人は村長になれないって、自分が一番よく知ってたはずよ。松浦さんがだまして操っていたのは、他のだれよりも自分自身だったんじゃないのかな」

「いろんなことが未遂に終わって、おれたちどれだけ感謝されても足りないくらいだよ」

「うん。いろんなこと――あったよねえ」

奈央は春に転校して来てから起こった出来事を思い浮かべ、長い息をつく。

「いろんなことが、あった、あった」

しかし、ひとつだけ解決していないことがある。

クラスメイトとのトラブルで、奈央がゴミ置き小屋に閉じ込められたときのことだ。

奈央を助けて幽霊教室に連れて行った楠美くん――実際には、村はずれの資材置き場まで連れ出していた楠美くんのことについては、今もって判っていない。

一連の騒動が明るみに出て、これも松浦のしわざかと疑ったが、百年一組の幽霊教室の件だけは関与していないことがはっきりした。問題の時間には、松浦は村営温泉施設の手伝いに行って、一歩もその施設内から出ていなかったのだ。

「わたし、あれはね、化かされたんだと思うの」

「化かされたって、キツネとかタヌキに？　それとも楠美博士の亡霊に？」

「う～ん。判んないけど、そういうタイプのものに」

「そういうタイプって、おまえ、大ざっぱすぎるだろ」

麒麟の呆れる声に合わせて、電車がホームに入って来る。部活帰りの高校生を一人下ろすと、電車はのどかな車輪の音を響かせて単線のレールを遠ざかって行った。

「予言暦とか、子どもを化かす何かとか、わたし嫌いじゃないよ。麒麟のお母さんもさ、だからわざわざこの村に住んで、この村のことを知ってもらおうとしているんじゃない？」

奈央はそう云って腕組みをすると、今にも降り出しそうな空をあおいだ。

湿気を含んだ風が頬を撫でるように流れて行く。

「地元の人のやり方でも、都会人のやり方でも、ここを好きになって暮らす人が居るなら、どっちでもいいと思う」

「ふうん」

麒麟は珍しく素直にうなずくと、ひとりで顔を赤くしている。

どうしたのかと思って見ていたら、ポケットから取り出したものを奈央の手の中に押し込んできた。

「あ、これ」

赤いビーズでこしらえた、花の形のペンダントヘッドだった。奈央が親友の静花とおそろいで持っていた緑色のペンダントヘッドは、まだ事件の証拠品として警察に保管されている。

「麒麟が作ったの？ 色も形も違うけど、けっこう上手いじゃん。でも、あんた、静花が好きなんじゃなかったの？」

問われた麒麟は、真っ赤になった顔を隠すためにさっとベンチを立って、駅舎に戻って行く。

ぽつりと天から大粒のしずくが落ち、二人とも同じ動作で頭に手をやった。

「おれ、赤い花が好きだし。——おまえの方が好きだし」

「え？ え？」

奈央が追いかける地面に、雨粒がふぞろいなドット柄を描き始めた。

線路わきの草いきれが雨にぬれる、甘いかおりがした。

解説

沢村凜

だるまさんがころんだ。だるまさんがころんだ。

日本版マザーグースとでもいえそうな、馴れ親しんだこのフレーズが、本書を読みおえた人の心の中では、特別な存在になっているのではないだろうか。たった十文字のこの言葉が、ずっといっしょに遊んでいたい友達のような、頼もしい相棒のような感じがして、折にふれてつぶやいてしまう。するとその背後では、「心を結ぶ赤い糸、ヤンヤンヤーン、レッドヤーン」などという、聞いたことがないはずの歌謡曲が響いている。だるまさんがころんだ。だるまさんがころんだ。レッドヤーン。ヤーン。ヤーン。

そんな、心地良くもユニークな余韻にひたれる『予言村の転校生』は、ストーリーからみれば、王道をいく物語である。

主人公が、〈村〉にやってくる。そこにはどうやら独特の風土とそれにつながる謎がありそうで、主人公はいやおうなくその謎に巻き込まれていく。

これは、ファンタジー、ミステリー、怪談のいずれにおいても正統派のストーリー展開だろう。〈村〉は、町と地続きのようでいながら、どこかに見えない断層があり、それまでの常識とは違った予期せぬ方角から、不思議や謎や怪異が現れかねない。わくわくさせる物語の絶好の舞台なのだ。（ちなみに、本書の筆者・堀川アサコさんの人気作、『幻想郵便局』をはじめとする〈幻想シリーズ〉は、この〈村〉を職場に置き換えたものといえるだろう）。

本書では、主人公が中学生という多感なお年頃の少女であり、村への訪れも、転校を伴う移住。それも、父親が村長選挙に立候補するというどたばたから始まるのだから、王道物語への導入もあっという間だ。そこから疾走するストーリーは、〈堀川ワールド〉としか称しようのない独自の魅力に彩られて、正統派にありがちな定型臭をまったく感じさせない。

では、〈堀川ワールド〉のユニークさの源泉はどこにあるのか、私なりにさぐってみると、まずはジャンル横断性が挙げられそうだ。

本書のストーリーは、ファンタジー、ミステリー、怪談での正統派と述べたが、ではそのうちのどのジャンルなのかと聞かれたら、「すべて」と答えざるをえない。ファンタジーとミステリーの骨格をあわせ持ちながら、怪談の要素も確認でき、さらには青春小説の色合いと、ユーモア小説の趣と、家族小説の芳香に、社会派小説のテイストまで感じられる。

こう述べると、未読の方は、どっちつかずの中途半端なものだと誤解されるかもしれないが、とんでもない。本作は何よりもまず〈堀川ワールド〉であり、そのうえで各ジャンルの魅力がきっちりと発揮されている。しかも、それぞれの要素が分離せず、ひとつの物語に紡ぎあわされている——ということを説明するよい譬《たと》えはないかと探していたら、何と、本書の中に存在した。

この物語には、スローフードが登場する。そう聞くと、顔を輝かせる人と眉をひそめる人の両方がいることだろう。スローフードとかエコとかロハスには、「健康に良い」「自然に沿った人間本来の生き方」といったプラスのイメージがある反面、そうした価値観の押しつけや現代社会の日常性への否定というネガティブなイメージも存在する。（以下、若干のネタばれになるが、本書ではこの両方の見方を、重さを感じさせずに提示して、白黒つけずに回収している。「社会派」のテイストを醸しつつ、対立する価値観をどちらも均しく筆者の大きな胸の中に抱きとめてしまう、懐の広い作品なのだ）。

さて、主人公・奈央がさまざまな事件に翻弄されている最中、げんなりする味のスローフードが何度か登場する。ハーブの味が自己主張しすぎて、どの料理もまずくなっているのだ。読んでいるうちにハーブ料理が嫌いになりそうになるが、物語の終盤で奈央の母親が、ハーブを感じさせながら完璧においしい料理を作って、この危機から救ってくれる。その腕前は、「多喜子という主婦がすごいのは、これだけ美味しく作っても、きちんとわが家の味になっているということだ」と描かれている。

筆者は意識していないだろうが、これはまさに堀川アサコさんの作品のことだと思った。ハーブとかはちみつとか雑穀とかの、健康に良くて本来は美味だがそれぞれに癖のある素材を、全部しっかり「わが家の味」にまとめて、読書のごちそうを作り上げる。

こうした〈堀川ワールド〉の魅力を支えているのは、文章の確かさだろう。氏のデビュー作『闇鏡』を読んだとき、新人離れした筆力に感嘆したが、その文章力は、〈幻想シリーズ〉においてはユーモラスな方向に、『月夜彦』『芳一』といった、『闇鏡』の流れをくむ歴史怪異小説では簡潔な端正さの方向に、完成されている。

といっても、これみよがしな美文ではない。堀川さんの文章は、何よりもまず、読みやすい。あまりの読みやすさに、文章の力を意識させられることなく、心はストーリーに委ねられる。そういう意味では、「だるまさんがころんだ」みたいな文章だ。抵抗なくつるりと入ってくるのに含蓄があり、軽やかなのに軽くはなく、心に残る。

さらに堀川さんの作品は、どれも根が明るい。青森在住で、イタコを主人公にした作品を書いているため、ともすると暗いイメージを抱かれそうだが、実は根底がカラッとしている。明るいといっても、主人公が試練や困難に遭遇しないという意味ではない。それどころか、人の世や物の怪の世界の残酷な現実が、けっこうな勢いで押し寄せてくるのだが、それでも物語のどこかに（多くの場合、主人公の気質に）、晴れた日の秋風のような空気が常に流れている。堀川さんの本を読んでいると、青森のイメージが変わりそうだ。

さて、話をジャンル横断性に戻させていただきたい。先ほどは触れずにきたが、実を言うと、ファンタジーとミステリーと怪談のうち、前二者の融合なら類例は多い。ミステリーは、謎とそれを解くヒントが提示されて後に、合理的な解決が示される。ファンタジーも、科学的な合理性とは異なるが、その世界独自の法則や決まりごとがあり、それに従って謎が解かれたり危機が解消されたりの大団円を迎える。融合はしやすいのだ。

ところが怪談では、背筋を凍らせる出来事が起こっても、怪異の仕組みは説明されずに終わり、その割り切れなさが味わいとなる。ミステリーやファンタジーのカタルシスとは本質的に、相容れないものだ。

けれども堀川さんは、解かれて気持ちのいい謎と、残って味わいのある謎を、本能的に峻別できるのではないだろうか。快刀乱麻のすっきり感と、理屈が解決しえない不思議の余韻を同時に皿にのせて、「わが家の味」にしてしまっている。このご馳走、まだの方はぜひ味わっていただきたい。

仄聞《そくぶん》するところによると、堀川さんは萩原朔太郎の詩がお好きだそうだ。そういえば、現実がずれていくホラー感や、品の良い滑稽味など、共通する魅力（というか魔力）も多い。解説の参考にならないかと朔太郎の詩集をめくっていたら、本書の読後感を彩るにふさわしそうな一節が、まるで何かに導かれるかのように目に飛び込んできた。タイトルまで、「夢にみる空家の庭の秘密」と、本作にシンクロしていそうな詩の、最後の二行だ。

ああ　わたしの夢によくみる　このひと住まぬ空家の庭の秘密と
いつもその謎のとけやらぬおもむき深き幽邃のなつかしさよ。

（作家）

本書は、当文庫のための書き下ろし作品です。

文春文庫

予言村《よげんむら》の転校生《てんこうせい》

定価はカバーに
表示してあります

2014年7月10日　第1刷

著　者　堀川《ほりかわ》アサコ
発行者　羽鳥好之
発行所　株式会社 文藝春秋

東京都千代田区紀尾井町 3-23　〒102-8008
TEL 03・3265・1211
文藝春秋ホームページ　http://www.bunshun.co.jp

落丁、乱丁本は、お手数ですが小社製作部宛お送り下さい。送料小社負担でお取替致します。

印刷製本・凸版印刷

Printed in Japan
ISBN978-4-16-790138-7

（　）内は解説者。品切の節はご容赦下さい。

村上 龍
69 sixty nine
楽しんで生きないのは、罪だ。安田講堂事件が起き、ビートルズ、ストーンズが流れる一九六九年。基地の町・佐世保で高校をバリケード封鎖した、十七歳の僕らの物語。永遠の名作。
む-11-4

森 絵都
カラフル
生前の罪により僕の魂は輪廻サイクルから外されたが、天使業界の抽選に当たり再挑戦のチャンスを得る。それは自殺を図った少年の体へのホームステイから始まって……。（阿川佐和子）
も-20-1

山田詠美
風味絶佳
七十歳の今も真っ赤なカマロを走らせるグランマは、孫のままならない恋の行方を見つめる。甘く、ほろ苦い恋と人生の妙味が詰まった極上の小説六粒。谷崎潤一郎賞受賞作。（高橋源一郎）
や-23-6

湯本香樹実《かずみ》
西日の町
十歳の僕が母と身を寄せ合うアパートへ、ふらりと「てこじい」が現われた。無頼の限りを尽くした祖父の秘密、若い母の迷いと哀しみをみずみずしいタッチで描いた感動作。（なだいなだ）
ゆ-7-1

柚木麻子
終点のあの子
女子高に内部進学した希代子は高校から入学した風変わりな朱里が気になって仕方ない。お昼を食べる仲になった矢先、二人に変化が……。繊細な描写が絶賛されたデビュー作。（瀧井朝世）
ゆ-9-1

吉田修一
横道世之介
大学進学のため長崎から上京した横道世之介十八歳。愛すべき押しの弱さと隠された芯の強さで、様々な出会いと笑いを引き寄せる。誰の人生にも温かな光を灯す青春小説の金字塔。
よ-19-5

よしもとばなな
High and dry（はつ恋）
十四歳の秋、生まれてはじめての恋。ちょっとずつ、ちょっとずつ心の距離を縮めてゆくふたりに、やがて訪れる小さな奇跡とは。イラスト満載、心あたたまる宝石のような一冊です。
よ-20-3